Charles Bukowski
Carl Weissner

Terpentin on the rocks

Die besten Gedichte
aus der
amerikanischen Alternativpresse
1966-1977

MaroVerlag

Verlag und Herausgeber danken den amerikanischen Dichtern und ihren Verlegern (s. Anhang), Patty Dann/POETS & WRITERS (New York) und Rolf-Eckart John/PALMENPRESSE (Köln) für ihre Mitarbeit.

Deutsch von Carl Weissner
Cover: Walter Hartmann

Erstausgabe / First Printing: März 1978

Satz: Christine Spitko, Meitingen
Druck: Oktoberdruck, Berlin
Cover-Druck: Kugler & Baur, Augsburg

ISBN 3-87512-036-1

INHALT

"Wenn ich die frühen Gedichte von Ginsberg lese (damals war er 20 oder 21 und schrieb aus purer Verzweiflung, immer mit einem Bein im Irrenhaus, d.h. da war er noch gut . . .) – jedenfalls, da denke ich unwillkürlich: Stell dir mal vor, die wären von einem Typ namens Harry Wedge. Tja. Für den Mann würde ich mein letztes Hemd hergeben . . . Immerhin, Ginsberg hat damals ein paar Dinge sehr klar gesehen. Da geht es z.B. um einen gespenstischen Kafka-Betrieb, der arme Allen sitzt da drin in der Falle, sieht keinen Ausweg mehr, und am Ende irrt er durch menschenleere Korridore "auf der Suche nach einem Klo." Sehr gut. Das überzeugt mich. Mann, wenn du dieses Klo nicht finden kannst, dann ist auch dein unsterblichstes Gedicht keinen Pfifferling mehr wert . . ."

Charles Bukowski in einer Besprechung von Ginsbergs Gedichtband "Empty Mirror"; in OLE Nr. 7, herausgegeben von Douglas Blazek, 1967.

Douglas Blazek

Ode (ja, ganz recht) auf meine Zahnbürste

Auf dem obersten Regal
des Wandschranks im Bad
liegt meine Zahnbürste in einem
stromlinienförmigen gelben
Plastik-Negligé
auf Tuchfühlung mit dem Arsch
einer Tube Zahnpasta
die vor lauter Krämpfen
schon ganz krumm ist.

Die Zahnbürste da drin
bringt ihr Ding
jeden Morgen
jeden Abend
so zuverlässig wie Lou Gehrig
so hingebungsvoll wie eine treue Ische.

Und jetzt wo ich meine Zahnbürste
mit einer treuen Ische verglichen habe
erwartet ihr wahrscheinlich
einen Vergleich zwischen Zähneputzen
und Pimpern, oder noch was
Tiefsinnigeres (falls das überhaupt geht)
aber eine Zahnbürste ist bloß eine Zahnbürste
die Reste von Kuhfleisch aus den Ritzen scharrt,
ein einsames Ding in einem Wandschrank
das mir ans Herz gewachsen ist
wegen seiner simplen und eindeutigen Funktion
wegen seiner gelben traurigen Art

und weil es sich mit nichts auf der Welt
vergleichen läßt.

Raubüberfall

Ich ging mit James
die Evergreen runter
direkt hinter Wells
wir waren auf dem Heimweg
es war ein diesiger Morgen
kurz vor Sonnenaufgang.

Plötzlich versperrt uns
dieser stockbesoffene Alte
den Weg
und fuchtelt mit einem Messer
vor uns rum
das so stumpf wie eine Leberwurst
aussieht.

Er wollte unser Geld
oder unser Leben, und wir hatten
von beidem nicht viel
aber offensichtlich mehr als er.

Die Augen fielen ihm immer wieder zu
und das Messer sank ihm runter
wie ein Steifer, den er nicht wollte.

Wir kratzten unsere letzten
2 Dollar und 63 Cents zusammen
und fragten uns, wie lange er damit
über die Runden kommen würde.

Es war wirklich traurig. Er hatte verloren
noch ehe es richtig losging.
Seine Träume schwammen den Bach runter
und am Ende würde es
selbst mit dem Träumen
aus sein.

Er torkelte weiter
zwängte sich durch den Nebel
auf der Suche nach dem
Ende der Straße
auf der Suche nach einem
der ihn nicht bewußtlos schlagen würde
wenn er das gleiche
wieder versuchte.

Ist das mal wieder ein Tag

Blaugefrorene Weiber steigen in den Bus
es regnet Rotzschlieren
der graue Senfhimmel
wie ein aufgeschlagenes Hirn
die Drachenschwänze in den Bäumen
erinnern mich an abgerissene
Nervenfasern.

Und während ich zur Arbeit fahre
probiere ich 84 verschiedene Ausreden durch
und überlege krampfhaft, wie ich
denen in der Montagehalle beibringen soll
daß ich nicht Vorarbeiter werden will
daß ich nicht im Traum daran denke
die Jungs zur großen Maloche anzutreiben

diese Halbblinden, diese Pianos ohne Saiten
diese Mumien in blauen Antons
den Mumien-Walzer tanzen zu lassen
zu den Klängen einer
Arthur Murray Blechstanze.

Ist das mal wieder ein Tag, Mann.
Wenn das so weitergeht mit dem Inferno
werden meine Gedichte bald
rattern wie Preßlufthämmer,
sie werden durchdrehen wie ich selber,
stinkend nach Schmieröl und Teer,
zerfressen von Säure, schrundig
vom gelben Kalk,
knallrot drüberlackiert, gespickt mit
Eisenspänen
und am Ende werden sie verwittern
unter endlosen angetrockneten Placken
von Kaffee und Pisse.

Und meine Hirnwindungen werden
einer anderen Landkarte folgen, dorthin
wo knochenlose Schemen herumgeistern
mit Henkelmännern in der Hand, in denen
der Blechlöffel scheppert
während in dem Buch hinter meinen Augen
Hirschrudel durchs Birdland galoppieren
und Saxophone dröhnen in den Wildreservaten
und höhere Töchter einen Bauchtanz
aufs Parkett legen.

Wenn das so weitergeht mit dem Inferno
wird mich Dante früher oder später adoptieren
und ich werde für den Rest meines Lebens

mit einem Schraubenschlüssel die Kreise der Hölle
in den Schmant einer Welt zeichnen
die nicht mehr meine ist.

Ray Bremser

Unterwegs nach Shangrala

Im Herbst verschwinden wir nach Tampu-tocco
aber erst legen wir uns in Maracaibo
& Paramaribo eine exquisite Bräune zu
und lassen uns unglaubliche Bärte wachsen
                              so daß uns
sämtliche Nutten mit 'Castro' und 'Barbudo' anreden
jedesmal wenn wir einen Sandwich-Stop machen,
mit ihnen Tequila schlürfen & das
Yerba Bueno genießen
und uns von ihnen ficken lassen
von El Paso bis in alle Ewigkeit
und das ohne einen Pfennig Geld,
                              hier wie dort . . .

Nach kurzer Erholung in Venezuela
beschließen wir in Surinam
der schrecklichen Anaconda zu trotzen,
dem sagenhaften Candiru, der uns in
        die Badehose kriecht
Paß auf!, und dem fantastischen Piranha,
diesem Miniatur-Tigerhai mit dem Minder-
              wertigkeitskomplex . . .
und wenn wir den beschwerlichen
Treck nach Belem hinter uns haben
        staken wir in einer Piroge den Amazonas rauf
        wie damals in Okeefenokee
        und angeln uns einen Wels!

Nachts erkunden wir die Wälder,

dann verheizen wir ne Veranda
und hocken mit unseren
Landkarten & Patronengürteln
ums Lagerfeuer rum . . .
draußen kreischt irgend ne Cheetah,
die Ladies tragen duftige Ballkleider
die infolge Mottenfraß zerfallen, während ich
in meinem weißen Dinner-Jackett & Tropenhelm
& kurzen Wanderhosen
        zu einem Tango auffordere . . .

Humphrey Bogart zerschmeißt mittlerweile
leere Ginflaschen auf dem Deck des Diesel-Flußboots
das nach Artaud & den Tarahumaras benannt ist

Am Morgen ziehen wir weiter,
stocknüchtern vom Anti-Schlangenbiß-Elixier . . .
und wenn wir 800 Meilen stromaufwärts
        Manaus erreichen
gehn wir auf die Suche nach Yage!
& bald sehen wir aus wie der unvordenkliche Ignu,
schuhlos in Boa Vista
wo wir den Leuten weismachen, der letzte Inka
                                        Tupac Amaru
treibe im gleißenden Licht der Sonne auf dem
Titicaca-See; oder der Friedhof des ausgestorbenen
Nordamerikanischen Mammut
sei im Massiv des Mato Grosso entdeckt worden,
elefantisch wie die Autofriedhöfe von
Maryland . . .

Die letzten paar Meter den Fluß hoch gestakt
die Attacken des Hippopotamus-Blutegels abgewehrt
& der tückischen Enzephalitis die Stirn geboten

(zuviel Pot geraucht)
das Dengue-Fieber überstanden
und den Sog des Isosceles-Dreiecks –
da erwischt uns die Dschungel-Krätze!
& wir wälzen uns phantasierend unter Moskitonetzen
in schweißnassen Hängematten
und wir müssen becherweise
den billigen Amazonas-Fusel saufen und so tun
als wär es Whisky
und als säßen wir im Schatten des Kilimandscharo
ah Bwana,
die Mau Mau sind scharf auf unsere Flinten!
(wo ist Hassan O'Leary?) *

wir erklimmen sogar den Vulkan
& wie in einem orientalischen Feuer-Satori
kehren wir siegreich zurück!
wie Tarzan von England! . . . du Jane,
ich Boy,
Oh boy . . .

Schlimmer als gebratener Handkäs & ranzige Speckschwarten
sind die üblen Gerüche, die wir ertragen
die Strapazen, die wir auf uns nehmen
die Fährnisse der Wildnis, die wir meistern
bis wir uns häuslich niederlassen
. . . in unserem Baumhaus, mit Lendenschurz bekleidet;
eine beknackte Äffin, die wie das anthropoide Gegenstück
zu Bonnie aussieht, beschützt uns & tanzt
uns einen Pas de deux vor
& so manche geheimnisvollen brasilianischen danzones,
Quichua-Opfertänze mit absonderlichen Schritten

* Eine legendäre Figur in dem Roman Naked Lunch von William Burroughs.

in absonderlich unchoreographischer Choreographie
von Serge & Vaslov & Pavlov's Welpen
die Petruschka bis Pdnebrovsklovia vergraulen . . .

Am Ende, denk ich, finden wir uns bei Tagesanbruch
irgendwo oberhalb von Francisco de Orellana, Peru
und wagen den Aufstieg in die Anden,
gefolgt von unserem treuen *burro* Irving
der hinter uns her stolpert
wie Mrs. Shehan, meine Lehrerin in der 2. Klasse
auf ihrem Weg zur Tafel, wo sie uns
die Physiognomie des Ouija hinmalte . . .

Wie damals in Wadi Halfa
als wir einbalsamiert auf einer Barke erwachten,
mitten auf dem Nil, in Gesellschaft von Ftatateeta
der grausigsten aller Mumien –
so kommen wir diesmal auf einem Totenschiff
der Urubamba herunter
auf unserem Weg nach Ollantaytambo, ins Tal der Könige;
auch diesmal mit einem schlicht unvorstellbaren Begleiter,
vielleicht Manco Capac höchstpersönlich, der aus
Cuzco heraufgekommen ist, um sich mal
Valahala anzusehen – das hier allerdings
Villcapampa heißt; nur absolut reine Seelen
dürfen da hin, z. B. die von toten Kindern;
ein Ort, den man sich nur vorstellen kann
wenn man dort begraben ist . . .
ekstatische Unendlichkeit blubbert in Lava
& flüssigem Gold,
blendet und erleuchtet zugleich – unbegreiflich . . .
Transfiguration von gemarterten Geistergestalten
die in Licht aufgehen
kaum daß sie dem safrangelben Leichnam entschweben –

das Licht schießt durch sie durch, und jetzt
 sehen sie
  ALLES
   für immer . . .

Wir haben das legendäre Ziel aller Reisen erreicht
und da stehen wir nun, Statuen aus Obsidian,
händchenhaltend wie zwei erotische Schimpansen
 die Bananen & Kokosnüsse fressen
in der Totenstadt
und der Dampf quillt aus einem Aryballus
mit dem wir nichts anzufangen wissen
an einem Sonntagabend in Macchu Picchu
während die Sonne untergeht
in der schweigenden Wildnis
und wir lächeln Tag & Nacht
 wie zwei taubstumme Liebende
 die den Mond pimpern . . .

Charles Bukowski

Der Angler

Jeden Morgen um halb acht kommt er raus,
drei Erdnußbutter-Stullen in der Tasche,
und in dem Eimer mit den Ködern
schwimmt immer eine einsame Dose Bier.
Er angelt stundenlang mit einer kleinen
Forellen-Rute
an seinem Stammplatz auf dem
vorderen Drittel der Mole.
Er ist 75, und seine Haut
wird in der Sonne nicht mehr braun;
und egal wie heiß es wird –
die braun-grün karierte Holzfällerjacke
läßt er an.
Er fängt Seesterne, Baby-Haie und Makrelen;
er fängt sie dutzendweise,
redet mit keinem ein Wort.
Irgendwann im Lauf des Tages
trinkt er seine Dose Bier.
Abends um sechs packt er seinen Kram zusammen
kommt von der Mole runter
überquert ein paar Straßen
und verschwindet in Santa Monica
in einer kleinen Wohnung.
Er geht ins Schlafzimmer und liest die Abendzeitung
während seine Frau die Seesterne, die Baby-Haie, die Makrelen
in die Mülltonne wirft.

Er steckt sich seine Pfeife an
und wartet auf das Abendessen.

Eddie und Eve

Wißt ihr,
ich saß in Philadelphia fünf Jahre lang auf dem
gleichen Barhocker;
ich trank den billigsten Fusel und den billigsten Wein
und in der Gasse hinterm Lokal
schlugen mich gutgenährte Fernfahrer zusammen
zur Erheiterung der
Ladies und Gentlemen der Nacht.

Von meiner Kindheit will ich
erst gar nicht anfangen;
die war zu beschissen
um noch wahr zu sein.

Aber worauf ich raus will:
ich habe jetzt endlich mal
meinen Freund Eddie besucht
nach 30 Jahren.

Er wohnte immer noch im gleichen Haus
mit der gleichen Frau.

Und jetzt kommts:
er war noch schlimmer dran als ich;
ging am Stock;
Arthritis.

Die paar Haare, die er noch hatte,
waren schlohweiß.

Mein Gott, Eddie, sagte ich.

Ich weiß, sagte er. Ich bin erledigt.
Ich kann kaum noch schnaufen.

Dann kam seine Frau raus. Die hatte ich
als sehr schlank in Erinnerung. Ich
hatte ihr immer Augen gemacht.

Jetzt linste sie mich an
mit ihren 210 Pfund.

Mein Gott, Eve, sagte ich.
Ich weiß, sagte sie.

Wir besoffen uns. Nach ein paar Stunden
sagte Eddie zu mir: Steig mit ihr
ins Bett, tu ihr was Gutes.
Von mir hat sie nichts
mehr.

Das kann ich nicht machen, Eddie,
sagte ich. Du bist doch mein
Kumpel.

Wir tranken weiter.
Eine Literflasche Bier
nach der anderen.

Eddie fing an zu kotzen.
Eve brachte ihm eine Spülschüssel,
die würgte er voll
bis zum Rand.
Zwischendurch sagte er zu mir:
Wir beide, wir waren noch Männer,
richtige Männer.

Wir hatten noch was drauf.
Weiß Gott.
Aber diese jungen Knilche von heute,
die haben nicht das Zeug dazu.

Wir schleppten ihn ins Bett,
zogen ihn aus
und es dauerte nicht lange
da schnarchte er auch schon.

Ich verabschiedete mich von Eve.
Ich ging raus und stieg in meine Karre
und saß da und starrte das Haus an.
Dann fuhr ich los.
Das war alles, war mir jetzt noch blieb.

Autowäsche

Er saß vor der Haustür. Mann, sagte er,
dein Auto könnte mal ne gute Wäsche
vertragen. Und Lackpflege. Für 5 Dollar
kann ich dirs machen. Ich hab die Politur,
ich hab die Lappen, ich hab alles
was man braucht.

Ich gab ihm die 5 und ging nach oben.
Als ich nach vier Stunden runterkam
saß er da und war blau.
Er bot mir eine Dose Bier an.
Das Auto, sagte er, nehm ich mir morgen
vor.

Am nächsten Tag besoff er sich wieder

und ich pumpte ihm einen Dollar
für eine Flasche Wein. Er hieß Mike,
war Veteran aus dem 2. Weltkrieg.
Seine Frau war Krankenschwester.

Als ich am nächsten Tag runterkam
saß er vor der Haustür und sagte:
Weißt du, ich seh mir die ganze Zeit
deine Karre an und überlege mir
wie ichs am besten mache. Wenn schon,
dann will ichs auch richtig machen.

Am nächsten Tag meinte Mike, es sehe
nach Regen aus, und eine Autowäsche
plus Politur sei nicht gerade sinnvoll
wenn es anschließend gleich draufregnet.

Am nächsten Tag sah es wieder nach Regen aus,
und am Tag darauf
auch.
Dann sah ich ihn nicht mehr.
Eine Woche später traf ich seine Frau
und sie sagte: Mike haben sie ins
Krankenhaus geschafft. Er ist ganz
angeschwollen. Sie sagen, es ist vom
Saufen.

Hör mal, sagte ich, er hat gesagt
er poliert mir die Karre. Ich hab ihm
5 Dollar dafür gegeben.

Er liegt auf der Intensivstation, sagte sie.
Kann sein, daß er stirbt.

Ich saß gerade bei ihr in der Küche
und wir tranken Wein,
da klingelte das Telefon.
Sie gab mir den Hörer.
Es war Mike. Hör mal, sagte er, komm her
und hol mich hier raus. Ich kanns hier
nicht mehr aushalten.

Ich fuhr hin, ging in das Krankenhaus rein,
ging an sein Bett und sagte: Auf gehts, Mike.

Sie wollten seine Kleider nicht rausrücken,
also ging er eben im Nachthemd zum
Fahrstuhl.

Wir stiegen ein, und da war dieser
Fahrstuhlführer. Ein Junge. Er lutschte
ein Eis am Stiel.
Im Nachthemd darf hier aber keiner raus,
sagte er.

Kümmer du dich um deinen Fahrstuhl, Kid,
sagte ich. Das Nachthemd ist unser Bier.

Mike war auf das Dreifache angeschwollen,
aber ich kriegte ihn irgendwie ins Auto rein
und gab ihm eine Zigarette.

Ich hielt vor dem Spirituosenladen
und besorgte zwei Sixpacks, dann
fuhren wir zu ihm nach Hause. Ich trank
mit Mike und seiner Frau
bis 11 Uhr nachts,
dann ging ich nach oben.

Wo ist Mike?, fragte ich seine Frau
drei Tage später. Du weißt ja, er
wollte meine Karre polieren.

Mike ist gestorben, sagte sie. Er ist tot.

Was?, sagte ich. Er ist gestorben?

Ja. Er ist gestorben.

Das tut mir leid, sagte ich. Tut mir sehr leid.

Danach regnete es eine Woche lang, und ich
sagte mir: Wenn ich von den 5 Dollar
noch was haben will, dann steig ich am besten
mit seiner Frau ins Bett.
Aber zwei Wochen später
zog sie aus.

Ein alter weißhaariger Knacker zog ein.
Er war auf einem Auge blind und spielte Waldhorn.
Ich sah keine Möglichkeit, wie ich mit dem
warm werden sollte.

Vater

Mein Vater war ein praktischer Mensch.
Er hatte so eine Idee.
Weißt du, mein Sohn, sagte er
bis ich in Rente gehe, hab ich
das Haus hier abgestottert,
dann gehört es mir.
Wenn ich mal sterbe, erbst du es.

Du kannst es in deinem Leben
auch zu einem Haus bringen,
und dann hast du zwei Häuser,
und die zwei Häuser vererbst du
an deinen Sohn, und der kann es
in seinem Leben auch zu einem
Haus bringen, und wenn er stirbt,
erbt sein Sohn . . .

Verstehe, sagte ich.

Mein Vater war gerade in der Küche
und trank ein Glas Wasser, als er
tot umfiel. Ich beerdigte ihn.
Der Sarg war aus Mahagoni. Nach der Beerdigung
ging ich zum Pferderennen, tat ein Flittchen auf
und anschließend gab es bei ihr zuhause ein
Abendessen und noch ein paar leckere Sachen
dazu.

Einen Monat danach verkaufte ich sein Haus.
Ich verkaufte sein Auto und seine Möbel,
verschenkte seine Bilder, bis auf eins,
und seine Obstgläser
(er hatte die Obsternte eines ganzen
Sommers eingekocht), und seinen Hund
gab ich ins Tierheim.
Ich ging zweimal mit seiner Freundin aus
kriegte sie aber nicht rum
und gab auf.

Das Geld verspielte und versoff ich.

Jetzt lebe ich in einer billigen Bude in Hollywood,

trage den anderen Mietern den Müll raus
und komme deshalb noch billiger weg.

Mein Vater war ein praktischer Mensch.
Er erstickte an diesem Glas Wasser
und sparte sich so
die Krankenhausrechnung.

Neeli Cherkovski

Afrikanischer Mistkäfer

Der afrikanische Mistkäfer
sah aus wie eine wunderschöne Brosche;
neun verschiedene Farben; und
er sah mich an
und ich sah ihn
an, und irgendwas
ging zwischen uns vor,
zwischen Mensch und
Insekt.

Er hatte weiße Punkte
auf seinen roten Flügeln; er machte
ein Geräusch wie ein
winziges Flugzeug;
und ich dachte:
der liest keinen Plato,
hält sich nicht auf mit Mathe oder
Physik, und auf die Gesetze der Schwerkraft
pfeift er erst recht –

Ich gab ihm mit der Faust eins aufs Dach
und schlug ihn platt,
und er zierte sich nicht lang
und stank
und war
häßlich.

Kollegen

Mein Arbeitskollege ist Schwarzer,
und da er mir das ständig unter die Nase reibt
muß ich ihm ein paarmal am Tag
zu verstehen geben, daß ich
Jude bin. In ein paar Jahren
wird ihm ein 40 000-Dollar-Eigenheim
gehören. Ich will mal einen Wohnwagen haben
hinter Büschen und Palmen.
Seinen Urlaub wird er in einem rosaroten Motel
auf den Bahamas verbringen; ich werde mir
Griechenland und die Türkei ansehen.
Er wird einmal für American
Telephone & Telegraph arbeiten;
ich werde Telefonleitungen kappen.
Er wird sich einen Swimmingpool anlegen
an einem Berghang;
ich werde weiter oben in den Bergen
einen Schlupfwinkel haben.
Er wird Bücher lesen;
ich werde welche verheizen.

Wir arbeiten in einem Großbetrieb
in der Buchhaltung –
er, weil er es so wollte,
und ich, weil es sich
gerade so ergab.
Er kauft grundsätzlich nur
amerikanische Produkte,
ich immer nur japanische.
Einer von uns beiden
wird in Frieden sterben.
Ich weiß nur nicht
welcher.

Wanda Coleman

Kaffee

Der Duft steigt mir in die Nase
heute abend in diesem
kalten leeren Zimmer, das mich
angähnt; und der erste Schluck
erinnert mich gleich wieder an den
Mokka aus Tante Ora's Küche,
sie machte ihn in der großen Zinnkanne
und goß das Gebräu in dicke
weiße faustgroße Humpen und
tat jede Menge Zucker und Milch rein
für mich und die anderen Kids, es
schmeckte uns besser als heiße Schokolade,
und die Frau aus der Nachbarschaft
pflegte ihr und uns ständig zu sagen,
kleine 'Farbige' sollten sowas
nicht trinken, wir würden davon nur noch
schwärzer.

Morgens um 7 klopften sie
bei mir an die Tür

Auf dem Haftbefehl stand mein Name.
“Sind Sie das? Zeigen Sie mal Ihren Ausweis.”
Ich war halb nackt, deshalb kamen sie nicht rein.
Sah ihnen wohl so aus, als hätten sie mich
beim Ficken gestört.
War auch so.
Die Coitus-interruptus-Bullen von Los Angeles.
Zum Kotzen.
Ich zeigte ihnen meinen
Ausweis mit dem Alias Nr. 3
“Ach so”, sagten sie. “Na schön, und wo ist sie?”
“Mann”, sagte ich, “die hat mal hier gewohnt,
aber dann hat sie sich so ’n Nigger aufgegabelt
und ist mit ihm ab.”
“Okay, okay.”
Sie gingen.
Ich ging wieder rein ins Schlafzimmer.
Du warst nackt, immer noch scharf,
aber auch neugierig –
“Was wollten denn *die* von dir?”
“Nichts”, lachte ich,
zog mir das Fähnchen über den Kopf
und kroch wieder zu dir in die Federn.
Wir fingen die Nummer nochmal von vorn an,
aber es war jetzt nicht mehr so
wie vorher.

Kirby Congdon

Motodrom

Die Maschine kriegten wir wieder hin. Es war
nicht viel daran kaputt, obwohl sie sich
mehrmals überschlagen hatte.

Seine Leiche holte niemand ab, also blieb sie
auf der Rennstrecke liegen. Für die Teilnehmer
der nächsten Rennen war sie
eine ärgerliche Schikane, aber nach
zahllosen Runden hatte man sie schließlich
plattgefahren.

Einer seiner Fans fischte sich die Gürtel-
schnalle heraus, spülte sie ab und
behielt sie als Andenken. Einen guten Fahrer
wie ihn hätten wir bei der nächsten Veranstaltung
wirklich gebrauchen können. Er war
für einen der vorderen Plätze gut. Jetzt hatte er uns
alles über den Haufen geworfen.

Motorradfahrer

In den betäubenden Abgasgestank
mischt sich der Schweiß-
und Moschusgeruch ihrer Körper.
Ihre ledernen Torsos
reiten geduckt und wie angewachsen
auf wilden Eisenstieren.
Durchgebogen im Liebesakt
kopulieren sie mit ihren
geilen Maschinen.
In ihren Adern fließt Öl.
Sie fressen und verdauen
den Tod.

Diane DiPrima

Revolutionary Letters

6

Gebt euch nicht mit Leuten ab
die Bonnie und Clyde für Gewaltverbrecher halten;
die nur das Blut sehen, aber nicht die Lebensenergie.
Sie lieben uns, aber nur wenn wir
Empfängnisverhütung praktizieren;
Sie lieben uns, aber die Inder sollen
gefälligst ihre Kühe schlachten;
Sie lieben uns und haben ein farb- und geschmackloses
Pulver, das unsere perfekte synthetische
Ernährung garantiert.

24

Habt ihr schon mal an die neuen
Amerikanischen Ureinwohner gedacht
die auf diesem Kontinent leben werden
in Höhlen, Zelten, Baumhäusern –
werden eure Urenkel dazugehören?
werden sie Handarbeiten aus Muscheln
und Wolle verkaufen an die reichen
hochzivilisierten Afrikaner, die hier
ihren Sommerurlaub verbringen? werden sie
Kleider aus Hirschleder und Baumwolle anhaben
oder einen Lendenschurz tragen,
Wild jagen, Fische fangen mit bloßen Händen,
Tipis bauen und Hütten, sich wieder
an Spinnräder erinnern, an Lesen und Schreiben,
oder einfach lächelnd die Trommel schlagen und
auf selbstgeschnitzten Flöten blasen – werden eure
Urenkel einmal dazugehören?

25
Merkt euch jeden Fluchtweg aus dem Haus
und wo er hinführt, jede einzelne Gasse
in der Umgebung, die Lage der Hinterhöfe
und wo man am leichtesten über die
Mauern kommt, jeden größeren Busch
der einem Menschen Deckung bietet.
Baut euch in euren Wänden mindestens ein
Versteck, in dem ein Mensch Platz hat,
vergewissert euch, welche Nachbarn euch
zur Hintertür reinlassen & vorne wieder raus,
während der Bulle vor eurer Einfahrt parkt
oder die Bude auseinandernimmt; wann
welche Nachbarn nicht zuhause sind und wer
seine Kellertür offenstehen läßt;
wer Besorgungen für euch erledigt, die
Gegend checkt, eure Flucht organisiert,
während ihr in der Wohnung sitzt
und abwartet, bis die Bewacher draußen
die ersten Schwächen zeigen.

37
Zur Geographie der USA:
der Osten ist eine
Metropolis, ist
Washington, D.C., auf 800 Meilen
breitgewalzt, Ökologie
total am Arsch, sogar unsere
Brüder dort glauben kaum noch
an einen Sieg; die Westküste
ist noch gut in Schuß, in den Bergen
lebt noch Wild, in verwilderten Gärten
findet man Feigen und Trauben, die
Schwestern bringen ihre unehelichen Bälger

mit Schecks von der Fürsorge über die Runden
und mit angefaultem Gemüse voller DDT,
sie reden von einem 'freien' Leben, von der
Abschaffung des Geldes, für sie ist der Krieg vorbei,
sind alle Kriege vorbei; von der Mitte
hat man noch kaum was gehört, aber dort
regt der Kontinent seine Muskeln, streckt die
blanken Knochen, dort vermehren sich endlos
die jungen Barbaren, eine riesige Bande von
Fleischfressern, denen man nicht mehr beibringen kann
daß sie etwas zu verlieren haben, unheilige
Engelshorden, deren Gebrüll uns eines Tages
ein böses Erwachen bescheren wird.

1970

Goodbye Nkruma

Und doch: wo wären wir ohne die Amerikanische Kultur –
"Bye Bye Blackbird", wie Miles es spielte
in den fünfziger Jahren
und die heißgeliebten Eiskaffees . . .
Als es im Radio hieß, daß sie auf den Straßen tanzen,
wußten wir, daß wir wieder einen Staatsstreich
durchgezogen, wieder mal eine Armee bestochen hatten.
Und ich fragte mich, was wohl die Jungs vom
Black Arts Theatre jetzt dachten, und ich schickte
ihnen einen Gruß, bot meine Hilfe an, aber die
wollten sie nicht annehmen –
Warum auch? Es ist ihr Krieg. Alles was ich machen kann
ist warten, und kein synthetisches Waschpulver in die
Maschine schmeißen, damit der Boden noch was hergibt
wenn ihn einmal die Schwarzen oder die Chinesen
kultivieren werden.

Ich erinnere mich an ein Zeitungsfoto von dir,
irgendwo steigst du da aus einem Flugzeug,
so cool, so entschlossen, und so schwarz.
Da blieb uns wohl nichts anderes übrig als
dich umzunieten. Du wirst das sicher
verstehn. Es bleibt uns auch nichts anderes übrig
als Studenten abzuknallen
Armeen zu schmieren
wie vor uns die Briten, als sie
die Zulus ausrotteten –
jetzt sind sie fett und satt
und ihr Land ist im Eimer.
Naja, für uns wird es nicht
so einfach abgehen:

Wenn der Nevele Country Club und
das Hotel Americana, Beverly Hills
und das Cliff House in Trümmer gehn
wird Shiva darauf tanzen,
der Himmel hinter ihm wird
knallrot und safrangelb sein, und irgendwo
wird ein riesiger schwarzer Pilz hochschießen;
so ein Pilz hat einmal Buddha gekillt
und wird ihn, wenns sein muß, noch einmal
killen, da kennen wir kein Mitleid –

Ein paar von uns versuchten es; wir wollten es stoppen
mit Flugblättern, wollten dich schützen mit
Hektographiermaschinen; ganz Harlem
war damals voll von grünen Postern: LUMUMBA LEBT.
Tja. Das beste, was man mit einer Hektographier-
maschine machen kann, ist
daß man sie aus dem 5. Stock einem
Bullen auf den Schädel schmeißt.

Wir kaufen die Waffen, und die Militärs dazu,
wir haben sie auf sämtlichen Thronen
von Südamerika installiert, wir
brennen die Dschungel nieder, die Tiere
werden sich gegen uns erheben,
schon jetzt sehen uns auf ihren Fotos in der Zeitung
diese kleinen Menschen aus dem Dschungel
mit ihren schwarzen Augen
so merkwürdig gelassen an . . . und ihre
Gelassenheit ist es, die uns einmal
fertigmachen wird,
es ist die unerschütterliche Ruhe
der Erde selbst.

März 1966

Peggy Garrison

B.

Von der großen Zeit des alten Jazzers
ist heute nur noch die Rede
in der "Enzyklopädie des Jazz"
aber er geht nach wie vor in die Clubs,
kann immer noch zuhören.

Er haust in einer alten Absteige;
dort hat er mir einmal in der Küche
(wo eines Tages fast der Herd
explodiert wäre) auf einer renovierten Trompete
vier perfekte Takte von
"Funny Valentine" vorgeblasen;
er konnte nicht mehr so spielen wie früher
weil er inzwischen eine Zahnprothese trägt
(wie man ohne Druck spielt, hat er nie gelernt)

Wenn du ihn näher kennst, wird er irgendwann
die Ärmel seines abgewetzten Pullovers hochschieben
und dir das H zeigen, das seine
vernarbten Venen bilden, es sieht aus
wie ein *bas-relief;* H wie Hewitt, und
H wie Heroin. Er wird dir erzählen,
daß er dafür berühmt war.

In einer braunen Einkaufstüte schleppte er
jahrelang ein Selbstporträt in Ölfarbe
mit sich herum; er gab es der Dichterin,
die in der Absteige ein Zimmer hatte,
zur Aufbewahrung. Eines Morgens

entdeckte er in dem winzigen Schlafzimmer seines Pushers
eine Sängerin, die er vergewaltigte
um sich von seinen Entzugserscheinungen
abzulenken; später brachte er ihr bei
wie man Schwanz lutscht, und gleichzeitig
erklärte er einem jungen Flötisten, was
Liebe ist: "Wenn du ne Frau näher kennenlernst",
sagte er, "wird dir jedes Stück von ihrem
Körper lieb und teuer."

Man erzählt sich, er habe einmal in einer
Bar in Oklahoma im Suff einen Mann umgebracht
und dafür zehn Jahre gebrummt.
Er spritzte sich alles, was high macht
oder Schmerzen betäubt,
trieb sich mit den Weinsäufern
von der Haight Street herum; um den Hals
hatte er immer eine Indianerkette,
Wassermelonen-Kerne auf einer dünnen
Lederschnur (ein Geschenk von
einem seiner Musikschüler);
Dizzy und Monk nannten ihn immer "Little Billy";
er sagte, er stamme aus einer Familie von Ärzten,
er sei immer das schwarze Schaf gewesen.

Als die Dichterin nach New York gezogen war,
überraschte er sie mit einem Brief, in dem er
schrieb: "Du warst echt. Ich werde mich immer
gern an dich erinnern . . ."

Bill

Er kam bei mir zur Tür rein
in einem Sportsakko, ohne Schlips,
aber er wirkte nicht leger –
der Schlips hatte ein unsichtbares Mal
hinterlassen, so daß er auch ohne das Ding
irgendwie steif und korrekt aussah.
Sein Gesicht mit dem Groucho Marx Schnurrbart
war pingelig sauber rasiert,
seine Hände waren so dünn wie Vogelklauen.

Ich fragte ihn, welche Länder er
gerne kennenlernen würde. Er nannte
  Irland
  Schottland
  Norwegen
dann machte er einen Schlenker
nach Griechenland runter,
dort hatte er einen Freund, den es
auf eine exotische Insel verschlagen hatte
wo ihn ein alter Grieche bei sich aufnahm
und ihm markante Punkte in der Landschaft zeigte
z. B. eine Kirche, damit er von seinen Ausflügen
auch wieder nach Hause fand.

Ein einziges Mal hatte man ihn bisher überfallen,
in seinem Hausflur in der East 25th Street.
Es waren 3 Puertorikaner. Er kriegte einen
Messerstich ab, sein Ärmel war zerfetzt und
blutig. Die vom Hospital für Kriegsveteranen
überwiesen ihn in die Bellevue Klinik,
die jungen Ärzte dort waren sehr nett
und redeten ihn gleich mit dem Vornamen an.

Er ging oft zu so Veranstaltungen wie
“Ball der einsamen Herzen”, er arbeitete an sich,
und ab und zu brachte er es sogar fertig,
Frauen in Fahrstühlen anzusprechen und
zum Essen einzuladen; es konnte vorkommen,
daß er nackt mit einer Frau im Bett zugange war
und sich plötzlich fragte, was er da eigentlich
wollte; aber das brachte nichts, und dann
schob er eben die Nummer zu Ende.

Er war 25, nein 32
und bis auf die Sache mit dem Messerstich
war in seinem Leben nie was Aufregendes
passiert; er hatte nie geheiratet,
nie mit jemand zusammengelebt;
er war ein typischer Stubenhocker.

Linda King

Selbstmörder

Berryman sprang von einer Brücke
Hemingway machte es mit einer Flinte
Janis Joplin mit einer Injektionsnadel
Marilyn Monroe schluckte Tabletten
James Dean brauchte einen Rennwagen dazu.

Evas Mann erhängte sich in der Garage,
an ihrem Geburtstag, das war sein
Geschenk für sie. Als sie das Garagentor
aufmachte, wußte sie, daß sie zum ersten Mal
in ihrem Leben die Karre auf der
Straße parken würde.

Darwin Martin machte es mit einer Kaliber-22,
blutete wie eine Sau, ließ sich von seiner Mutter
zum Haus seines Bruders chauffieren, der hatte
eine Schrotflinte, damit gab er sich den Rest.

Meine Freundin versuchte es mit Aspirin
weil ihr Boyfriend sie nicht heiraten wollte,
dann tat er es doch, und jetzt geht sie fremd.

Dawn hat mich schon mindestens fünfmal angerufen
um sich endgültig von mir zu verabschieden.

Ein Liebespärchen im Nachbarort
machte einen Schlauch ans Auspuffrohr und
hängte das andere Ende in den Wagen rein,
die Eltern hatten was gegen eine Heirat.

Peter Duel ging unterm Christbaum hopps
Sylvia Plath steckte den Kopf in den Gasherd,
ihr letztes Buch steht gerade auf der
Bestsellerliste, George Sanders machte mit 75
Schluß, weil ihn das Leben langweilte.
Bukowski meint, er hätte sich schon längst
in San Diego von der höchsten Klippe gestürzt
wenn er da unten bloß nicht
in so schlechte Gesellschaft geraten würde.

Gut, man hat mal einen schlechten Tag,
Kummer, Elend, Schmerzen, vielleicht sogar
Gründe. Aber oft ist es Selbstmitleid,
oder man will jemand eins auswischen –
der Frau, dem Freund, der Freundin, Schwester,
Geliebten oder Mutter. Man will mal
in die Zeitung kommen und ein paar Leute
schockieren.

Selbstmord, das ist irgendwo eine Unverschämtheit,
obwohl man damit nur sich selber aus dem
Verkehr zieht. Ich habe kein Verständnis dafür,
kein Mitleid, keine Gewissensbisse . . .
sicher, es fährt mir in die Knochen
aber vor allem macht es mich wütend –
ja, das ist es, was ich empfinde: Wut.

Ich bin heute noch wütend auf Jimmy Dean, nach
zwanzig Jahren. Ich bin wütend auf Marilyn Monroe
und Janis Joplin. Ich bin wütend auf
Hemingway. Ich wollte mal sein Buch
über den Wahnsinn lesen. Ich bin wütend
auf sie alle. Ich kann mich ums Verrecken
nicht damit abfinden.

Ein Schwanz

Was ist damit?
Es geht rauf, es geht runter
es geht rein, es geht raus,
plop, plop, plop,
was soll's?
Was ist schon so bedeutend an einem Ding
das rauf und runter geht, rein und raus?
Es läppert ein bißchen was hin
aus dem eine Million Babies werden können
aber wer will schon eine Million Babies
oder auch bloß ein einziges, *nochmal* eins . . .
Das einzige Sinnvolle an dem Ding ist
daß es pissen kann, und das
ist auch nicht gerade erhebend.
Ein Schwanz ist ein Schwanz
und damit hat sichs.
Wenn er schlaff ist, sieht er aus
wie ein zu groß geratener Wurm,
wenn er hart ist, sieht er aus
wie ein Pilz, der sich überfressen hat.
Wie Männer auf die Schnapsidee kommen können
das Ding sei was Wichtiges
werde ich nie begreifen.
Sie wollen, daß man es bewundert
streichelt
küßt
liebt
lutscht
als wärs ein verwöhntes Kind,
dabei ist nichts weiter damit los, als daß es
rauf und runter geht, rein und raus
und ein bißchen Saft verspritzt

der nichtmal gut schmeckt.
Naja, vielleicht sind ein paar Proteine drin
aber das könnte man in keinem Reformhaus loswerden,
und denen ihre Kunden saufen doch
so ziemlich alles.
Das Schlimmste daran ist,
wenn mans in sich reinläßt
kommt genau das gleiche in Grün
wieder dabei heraus,
es wächst heran und
kriegt die gleichen Ideen –
Mammi, guck mal, mein Wiwi . . .
es is hart, hehehe . . .

Sogar schon im Alter von 2 Jahren
ist ein Schwanz eben nur ein Schwanz
und weiter nichts.

Ronald Koertge

Bitte

Zwischen der Pferderennbahn von Hollywood Park
und der von Los Alamitos liegen 30 Meilen Freeway
aber in letzter Zeit verbringe ich den ganzen
Nachmittag auf der einen und den Abend auf der

anderen. Wenn ich allein bin, weiß ich eben nie was
mit mir anzufangen. Natürlich bin ich längst
pleite, denn ich wette auf Gäule, die ich mir
vorher nichtmal ansehe. Vom Rennformular

starrt mich immer dein häßliches Gesicht an
und hinter mir labert dein Lucy-Ricardo-Mund.
Das lenkt mich so ab, daß ich immer wieder
auf Pferde setze, die ich gar nicht will.

Aber das Verlieren macht mir nichts aus, das bin ich
gewöhnt. Was ich nicht verstehe, ist: warum ist
nie was geworden aus diesen Abenden am Kamin
mit einer Flasche Brandy und einer scharfen

Frau in einem knallroten Kleid? Ich armer Irrer,
so hatte ich mirs immer vorgestellt, wenn du mich
mal sitzen läßt, ehrlich. Aber es war nichts damit:
von dem Brandy kriegte ich Kopfweh, und das heiße

Flittchen erwies sich als langweilige Tulpe mit einer
Dose Haarspray in der Handtasche. Man hält es nicht
für möglich, aber du fehlst mir – mitsamt deinem
Gelaber, deinem Gestank und deinen Zicken. Und jetzt

habe ich eine beinah unanständige Bitte an dich –
halt mal 'n Moment die Luft an und hör mir
zu: Komm zurück, du Luder. Friß mich auf.

Umzug

Ein warmer Abend, ich sitze zuhause, da hör ich die
Einbrecher an der Tür fummeln. Endlich! Darauf
habe ich gewartet!

Ich renne an die Hintertür, schließe auf, bitte sie
herein, gieße ein paar Gläser voll. Ich sage ihnen,
sie sollen sichs bequem machen, sie ziehen sich die
Schuhe aus, nehmen die Masken ab, ich helfe ihnen dabei.

Bald sind wir dicke Freunde, und nach einem Dutzend
Trinksprüchen auf J. Edgar Hoover fangen sie an, die
Sachen rauszutragen. Ich zeige ihnen, wo das silberne
Besteck ist, halte ihnen die Tür auf, während sie sich
mit dem Bett abquälen, und mache mich so
nützlich wie's eben geht.

Dann ist der Pritschenwagen vollgeladen, sie kommen
nochmal auf einen letzten Blick herein, und jetzt
nehme ich sie hopps. Mit Spike's Kanone knalle
ich sie beide übern Haufen, dann drücke ich Blackie
den Revolvergriff in die Hand.

Ich steige in den Pritschenwagen, fahre los
und bin restlos glücklich.

Tarzan

Tarzan hatte ja keine Ahnung. 34 Jahre als Junggeselle gelebt, und plötzlich fällt dieses Weib da aus dem Himmel und sagt ihm, er soll ein Baumhaus bauen. Tagsüber kommandierte sie ihn herum, und nachts nuschelte sie ihm Sachen ins Ohr in einer Sprache die er nicht verstand.

“Darling”, sagte sie. “Mein edler Wilder. Du hast so viel zu geben. Sag Jane zu mir und laß dir die Haare schneiden, ja?”

Im Bett war sie besser als Cheetah, das mußte er zugeben. Aber das konnte auch daran liegen, daß sie größer war. Tarzan kannte sich da nicht so aus.

“Mit Denken ist bei dir ja nicht viel los, hab ich recht, Baby?”, sagte Jane ein paar Monate nach den Flitterwochen. Und nicht lange danach kam sie ihm mit einem Paar Hosen an.

“Zieh dir die an, du Doofkopp”, sagte sie. “Ich will dich hier nicht mit deinem nackten Bammelmann rumlaufen sehen, wenn das Baby kommt. Gott, was'n Arschloch.”

Naja, *den* Ausdruck verstand Tarzan auf Anhieb, und er kriegte eine Stinkwut. “Ich *sauer*”, sagte er und bewies, daß er das Vokabular seines Sweetheart schon ganz gut drauf hatte. Dann hechtete er in den Fluß und reagierte sich ab, indem er ein oder zwei Alligatoren aufschlitzte.

Daß sie einen dicken Bauch kriegte, machte ihm nichts

weiter aus; aber schließlich wußte er ja auch nicht, was Hämorrhoiden waren. Jane dagegen ließ immer öfter ihre schlechte Laune an ihm aus:

"Könntest dir langsam mal 'n Namen für unsern Junior überlegen", sagte sie eines Tages. "Oder ist das zuviel verlangt von deinem Bananenhirn?"

"Tantor?", sagte Tarzan. "Tantor guter Name. Oder Simba. Dir gefallt Simba?"

"Yeah", sagte sie. "Großartig. 'Ladies and Gentlemen: Der neue Präsident der Vereinigten Staaten – Simba!' Also ehrlich. Ich versteh nicht, wie ich auf 'n Knallkopp wie dich reinfallen konnte . . "

Da waren für Tarzan wieder mal ein paar Alligatoren fällig.

Kurz danach kriegte Jane ihr Baby. Es war ein Junge. Sie nannte ihn Otto.

"Find ich 'n guten Namen", sagte sie. "Buchstabiert sich vorwärts wie rückwärts gleich."

"So ein Humbug", meinte ihr Ehemann. "Für mich wär 'Boy' gut genug." Sie zeigte ihm den Finger und sperrte ihm fortan das Schlafzimmer.

Tarzan pennte im Gästezimmer und kam damit jahrelang ganz gut zurecht. Doch eines Tages merkte er zu seinem Entsetzen, daß er impotent war.

"Mir soll's recht rein", meinte seine Alte. "Am Anfang hats ja noch Spaß gemacht, aber später fand ichs doch immer mehr zum Kotzen."

Tarzan wußte sich keinen Rat. Er fraß Kräuter und Wurzeln aber es nützte nichts. Und nach einem guten Psychiater brauchte er Jane gar nicht zu fragen. Sie würde ihn bestimmt zu einem Pfuscher schicken.
Als er eines Tages mal wieder grübelnd durch die Wohnung lief – Jane nahm im Fluß ein Bad – verstellte ihm sein Sohn im Flur den Weg.

“Wenns bei dir doch wenigstens zum Abitur gereicht hätte, Tarz”, sagte Otto. “Was glaubst du, was passiert, wenn die in Harvard hören, daß mein Alter ein gottverdammter Gorilla ist . . .”

Jetzt brannte bei Tarzan die Sicherung durch. Er drehte dem Boy den Hals um und warf ihn den Löwen zum Fraß vor.

Er riß sich die Klamotten vom Leib, hechtete in den Fluß und kroch unten am Boden entlang, bis er unter seinem badenden Eheweib war; dann schoß er hoch und schlitzte ihr mit seinem treuen Messer den Bauch auf.

Als er aus dem Wasser kam, stellte er fest, daß er einen stehen hatte. “Gottverdammich”, sagte er, “das sieht man aber gern!” Dann hörte er hinter sich etwas rascheln, und als er sich umdrehte, sah er Cheetah mit einer dicken Banane im Maul ankommen. Es sah so aus, als würde er das Leben wieder genießen können.

Der irre Inspektor

Er war vom Gesundheitsamt und hatte die Restaurants zu inspizieren. Hatte immer eine große Aktentasche dabei. Da drin hatte er die Fenster-Aufkleber für

Güteklasse A, B, und C; zwei frische Hemden; ein sauberes Paar Socken. Tja, und dann noch was: einen Scheißhaufen.

Wenn er bei einer Inspektion etwas sah, was ihn mißtrauisch machte, dann war er nicht mehr zu halten. Der Koch hatte meinetwegen einen filzigen Bart, die Kellnerin einen verschlagenen Blick, oder ein Gast machte sich verdächtig an seinem Cheeseburger zu schaffen.

Sofort begab sich der Inspektor ins Männerklo, packte seinen Scheißhaufen aus und plazierte ihn an eine auffällige Stelle: ins Waschbecken, auf den Handtuch-Dispenser, auf den Seifenteller. Dann rief er den Geschäftsführer herein und verlangte eine Erklärung. Zwanzig Minuten später war die Küche kalt und das Personal arbeitslos.

Eines Nachmittags wurde er auf dem Weg zum 8th Street Grill von einem Auto überfahren und war auf der Stelle tot. Der Arzt vom Krankenwagen durchwühlte die Aktentasche, fand auch den Personalausweis, aber erst mal stieß er auf den unvermeidlichen Klumpen Kacke. Den konnte man sich nicht erklären, also sah man sich seine Wohnung an.

Da lagen überall Scheißhäufen: im Kühlschrank hatte er welche auf Eis, auf dem Fenstersims trockneten sie in der Sonne, im Backofen waren sie am Braten, und sogar im Spülwasser hatte er einen eingeweicht. Und in den meisten steckte ein Zettel mit dem Namen eines Restaurants und einem Datum – 20. August, Bill's At The Beach; 30. August, Tom's Burger Shack; 16. Sept., Tony's Place. Er wollte sie der Reihe nach dichtmachen.

Letzten Sommer sah ich ihn wieder, vier Monate nach einem Herzanfall. Er lag im Bett, die Hände hinterm Kopf, die Augen voller Zimmerdecken.

Der Mann von der Kripo meinte, so ein abartiger Fall sei ihm noch nie begegnet. Der gebe sogar noch größere Rätsel auf als der Würger von Boston. Trotzdem, einen Film hätte man daraus nicht machen können. Ich meine, wie hätten sie den nennen sollen? "Der Kacker von Los Angeles"?

Mal ehrlich: wer würde sich so einen Film ansehen? Mein Freund B.M. Watson vielleicht. Aber ich nicht.

Mein Vater

Sein Sofa hat er inzwischen durchgelegen.
Früher saß er nur drauf, kerzengerade,
immer auf dem Sprung.

Er machte Eis und fuhr damit rum,
12 Stunden am Tag. Dann nach Hause
und Gras mähen. Plattgetretenes Gras
brachte er wieder zum Stehen, und dann
mußte es dran glauben, dicht über der
Wurzel.

Ein einziges Mal machte er Urlaub. In
Michigan sah er mit einem Auge
aufs Wasser raus. Bei jedem Geräusch
wurde er fickrig, als käme ein Kunde.

Wir aßen in Frittenbuden am Straßenrand,
machten in einer Woche 6 Bundesstaaten
durch. Er aß im Stehen, wie ein
Mann auf der Flucht.

Gerald Locklin

Gedicht ohne Moral

Draußen fuhr dieser Typ auf einer feuer-
spuckenden Yamaha vor, er hatte einen
wahnwitzigen Sturzhelm, auf den direkt
über dem Ohr das Sternenbanner draufgemalt war.
Wir erkannten ihn zuerst gar nicht wieder.
Dann sagte einer: “Mensch, das ist ja Terry!”

Er setzte sich zu uns und trank ein Fresca,
redete von seiner Maschine, und was sich
in unserer Stammkneipe alles verändert hatte,
sah sich im Fernsehen eine Leichtathletik-
Veranstaltung an, spielte ein paar Runden
Billard, schüttelte jedem die Hand und
peste weiter den Highway runter.

Es war erst knapp ein Jahr her
seit Terry seinen Schwiegervater eingemacht hatte.
Sie soffen zusammen bis zum frühen Morgen
stritten sich wegen irgend einer blöden Lappalie
und plötzlich schnappte sich Terry ein Brotmesser
und stach den Alten ab.

Ich glaube, es gab erst gar keinen Prozeß;
er kam in psychiatrische Behandlung.
Jetzt darf er sich wieder frei bewegen. Unter der
Bedingungen, daß er nicht säuft.

Ich weiß nicht, was ich von der Sache halten soll.
Terry war immer ein netter Kerl, ist es auch noch.

Es stimmt, er trank ziemlich viel –
ich erinnere mich, wie er einmal eine Doppelschicht
hinter der Bar arbeitete, da schrieb er hinterher
für sich einen ganzen Kasten Bier auf. Ich meine,
soviel gab er schon *von sich aus* zu . . .

Er sieht wirklich nicht aus, als könnte er
einen killen.

Ich habe immer Angst, daß ich auch mal sowas
mache wie er, obwohl ich bis jetzt noch nie
in die Verlegenheit gekommen bin.
Wahrscheinlich haben wir alle diese Angst.
Ich würde ihn gern mal fragen, ob er vorher
auch Angst davor hatte; aber das wäre sicher
aufdringlich.

Ein Freund von mir, Kriminologe, hat fest-
gestellt, daß in Amerika die meisten Morde
in der Küche passieren.
Ron Koertge pflegte immer zu sagen: "Zuhause ist,
wo man sich einmacht."
Sich oder einen anderen, nehme ich an.

Peanuts

Eines Tages wird Snoopy tot sein.

Habt ihr daran schon mal gedacht?

Er wird vielleicht, mitten in einem lachhaften
Stuka-Alptraum, vom Dach seiner Hundehütte fallen
und sich seinen Hundeschädel brechen.

Vielleicht werden sich auch die Legionen seiner Hundebakterien ganz überraschend gegen ihn verschwören . . . ein Opfer seiner eigenen Bakterien! Oder seine Nieren machen schlapp . . . oder die Leber . . . der Magen . . . die Lungen. Oder sein Verstand. Was bedeuten würde, daß er den Rest seiner Tage in der entwürdigenden Umgebung eines staatl. Heims für Außergewöhnliche Hunde verbringen muß. Oder seine chronische Unfähigkeit, den Roten Baron v. Richthofen abzuschießen, bricht ihm das Herz. Oder daß ers nie zum linken Verteidiger der Yankees gebracht hat . . . und nie die Frau fürs Leben fand. Oder er kommt zu der Erkenntnis, daß er letzten Endes eben auch bloß ein Hund ist und daß die Frage "Hunde, wollt ihr ewig leben?!" mit nein zu beantworten ist.

Egal. Fest steht, daß Snoopy eines Tages sterben wird.

Charley Brown wird sich einmal mit Erfolg als vereidigter Wirtschaftsprüfer betätigen. Vielleicht wird er sogar Gouverneur. In diesem Fall wird er sich als grausamer Tyrann erweisen; seine miese Veranlagung zeigt er ja schon jetzt im Umgang mit seinen Spielgefährten. Wenn man ihm ein bißchen Macht gibt, wird Charley Brown beweisen, was für ein rachsüchtiges Subjekt er sein kann.

Aus Lucy wird mal eine ausgewachsene Lesbe. Eine Zeitlang wird sie sich dagegen wehren und sich einreden, sie bräuchte nur ein paar Kinder in die Welt zu setzen, und schon sei wieder alles im Lot. Sie wird einen jungen Geiger heiraten und ihm das Leben zur Hölle machen. Die beiden werden keine

Kinder haben. Schließlich wird sie vor ihrer lesbischen Natur kapitulieren, an der Uni von Illinois ihren Doktor der Soziologie machen und ihre Studenten nach allen Regeln der Kunst schikanieren.

Schröder wird es nie bis in die Carnegie Hall schaffen. Bestenfalls wird er ein zweiter Liberace, schlimmstenfalls ein Cocktail-Pianist in Alhambra, California.

Wenn Linus aufs College kommt, wird er seine Heizdecke abgeben müssen. Er wird für den Rest seines Lebens ein armer Wichser sein.

Peppermint Pattie wird ihre Sommersprossen verlieren, einen drallen Busen entwickeln und in Hollywood groß rauskommen. Sie wird acht Ehemänner verschleißen und regelmäßig in der Johnny Carson Show auftreten. Von der ganzen Clique wird sie noch die Glücklichste sein.

Alle werden sich bei Gelegenheit wehmütig an den guten alten Snoopy erinnern. Wenn sie besoffen sind werden sie sich (und jedem, der dafür stillhält) erzählen, daß er immer noch den Roten Baron jagt, irgendwo da oben im Hundehimmel.

Das möchte ich auch gerne glauben.

Klar, möchte ich das.

Der Schlangenbändiger von Alcatraz

Seit er denken konnte, waren sie
hinter ihm her, weil er immer mit seinem
Ding spielte. “Herbert, zum letzten Mal –
laß die Pfoten von diesem fiesen Ding
sonst sag ichs deinem Vater, und der
klemmt dirs in die Küchentür!”
Sein Vater wiederum versuchte es auf die
listige Tour: “Herbie, du alte Sackratte,
komm wir gehn runter in Rosey's Puff
und ich besorg dir das beste Stück Arsch
in der ganzen Bude! . . . ”

“Ach je, Dad”, sagte er dann immer, “also
wirklich, Dad . . !” und kriegte einen knallroten
Kopf. So rot wie frische Kalbsleber.
Aber so richtig nervte er sie erst, als er
dazu überging, es in aller Öffentlichkeit
zu machen. Die Nachbarn waren entsetzt,
und Dad trat ihn wiederholt in den Arsch.
Aber man lebte in einem kleinen verschlafenen
Nest, und niemand holte die Polizei.
Zum Glück fanden seine Spielkameraden
für ihn einen Platz in ihrem Pantheon
der Abartigkeiten:

“Fummler!”, riefen sie ihn, *“Hey, fump-a-fump
Fummler!!”* Und manchmal holte er ihn raus
und wichste ihnen was vor. Tatsache ist,
er brachte es darin zu großer Meisterschaft,
wichste z. B. beidhändig, in fliegendem
Wechsel, und langte nie

daneben. Aber dieses Talent ließ sich leider nicht zu Geld machen, nichtmal im Zirkus oder auf dem Jahrmarkt. Natürlich kam dann auch der Zeitpunkt, wo er von zuhause ausriß und in die große Stadt ging und ihn auf dem Times Square rausholte. Dort fand er damit großen Anklang, bis die Bullen kamen, diese Sittenstrolche von Christi Gnaden, und ihm die Manschetten anlegten.

Die American Civil Liberties Union übernahm den Fall und ging bis vors Oberste Bundesgericht. Hier habe man sich an der Verfassung vergriffen, sagten sie, und das sei erheblich schlimmer als wenn sich jemand an sich selber vergreift.

Der Anwalt war gerade in voller Fahrt, als es passierte – man konnte es in der ganzen gottverdammten Bundeshauptstadt hören: "*fump-a-fump-fump . . !!*" Prompt gaben sie ihm lebenslänglich. Aber auch das hatte sein Gutes: im Knast entdeckte er nämlich seine Liebe zu Schlangen, er wichste ihnen den Saft ab und entdeckte so das Mittel gegen Krebs.

Wer sich selber hilft, dem hilft der liebe Gott.

Robert Matte Jr.

Kronenkorken

Ich trage meinen Müll raus
und da steht ein alter Penner
und wühlt die Tonnen durch.
Auf seinem T-Shirt steht "Let's boogie"
und auf dem Kopf hat er eine Plastik-
Badekappe mit lauter Seepferdchen.
Ich frage ihn, ob er bei seiner Müll-
Tour schon mal etwas Wertvolles
gefunden hat. Er sieht mich an
als habe er noch nie so eine
dämliche Frage gehört. Dann
zählt er auf, was er schon alles
erbeutet hat: volle Whiskyflaschen,
Geldbeutel, Küchengeräte, Rollschuhe
und einen fast neuen Smokung.
"Aber am besten", sagt er und scheint
die Erinnerung zu genießen, "waren die
Kronenkorken von den Cola-Flaschen –
wenn unter dem Korkplättchen so 'n
buntes Bildchen war, gabs dafür Geld.
Die meisten Leute schmissen sie einfach
weg, ohne nachzusehen. Von dem Geld
das ich dafür kriegte, hab ich mir
ne ganze Woche Las Vegas geleistet.
Den Smoking hatte ich jeden Abend
an."

Julius Caesar

1.
Caesar tätigte einen Groß-
einkauf, denn seine Vorräte
waren bedenklich geschrumpft.
Er füllte seine Karre
mit römischem Schrotbrot
Spaghetti
Nudeln
Oliven
tiefgefrorenem Fisch
Hähnchenschlegeln
und einer Schachtel
WHEATIES
("Das Frühstück der Champions").
Caesar linkte die Kassiererin
mit römischen Münzen, die
aussahen wie 50-Cents-Stücke
mit dem Kopf von Kennedy
drauf.

2.
Caesar ging ins
Kino und sah sich den
"Untergang des Römischen Reiches"
an.
Er konnte es nicht fassen, daß
Sophia Loren tatsächlich
so ein großes Maul hatte,
und als sie das Forum
in Flammen zeigten, ärgerte
er sich grün und blau –
daß Gebäude aus Marmor

nicht brennen, wußte doch
schließlich jedes Arschloch.

3.
Caesar fuhr mit seinem
Kampfwagen an einer Tankstelle vor
und verlangte Hafer
für seine Gäule.
Er ging rein und wollte sich
eine Straßenkarte von Gallien
besorgen, aber es gab nur einen
Stadtplan von Scarsdale, New York.
Der Tankwart sah nach, ob auf
den Rädern noch genug Profil
drauf war, dann kletterte
Caesar wieder in seine Karre
und lenkte sie durch das
Verkehrsgewühl der Rush Hour.

4.
Caesar beschwerte sich beim
Bademeister, weil das
Wasser so kalt war, und der
Bademeister sagte: Wir sind
hier innem Hallenbad, Kumpel,
und außerdem: ohne Badehose
kriegst du hier nichts als
Ärger.
Vor Gericht, wo er sich wegen
Erregen öffentlichen Ärgernisses
zu verantworten hatte, stellte sich
Caesar dumm und kam ungeschoren
davon, weil er ausgezeichnete
Referenzen vorweisen konnte –

drei Millionen unterworfene
Barbaren sind schließlich nicht
ohne weiteres zu ignorieren.

5.
Caesar ging ins
Colosseum, um sich
das Spiel der "Rams"
gegen die "Bears" anzusehen,
aber so sehr er seine
Augen anstrengte –
die Viecher waren
nirgends zu sehen.
Es gab bloß eine Bande
Gladiatoren, die sich
um einen ledernen Ball rauften,
und der war den ganzen Rummel
nun wirklich nicht wert.

6.
Als großer Feldherr, der er war,
bot Caesar seine Dienste
der Regierung an.
Sie wollten von ihm wissen
ob er den Führerschein Klasse 3
habe. Er sagte, marschieren sei
mehr nach seinem Geschmack.
Sie fragten ihn, ob er
mit einer Knarre umgehen könne,
und er meinte: Ein Schwert tuts
auch. Kriegt außerdem keine
Ladehemmung.
Sie fragten ihn, ob er einen
Schlachtplan lesen könne,

und er sagte, sowas
habe er immer im Kopf.
Sie erklärten Caesar
für untauglich und
schickten ihn wieder
nach Hause.

Jack Micheline

Pussy Willow

Sie stelzte im Nieselregen auf und ab
scharf wie nur was, sagenhaft gebaut
gelbe Lackstiefel, gelber Hut.
Sie leckte sich die Lippen. “Na los,
wer will mal mit mir?”, sagte sie.
“Brauch dringend ’n neues Kleid”, sagte sie.
Zehn Männer machten Stielaugen
Ecke Sixth & Broadway.
(Komisch, wie die Nutten immer
rauskommen wenns regnet)
Sie angelte sich ihren Freier,
irgend einen Typ mit Auto,
und ich stand da und konnte
nur zusehen.
Ein anderes Mal, oben in der Nähe
von Vine Street, kamen diese
beiden Flittchen aus einem Kaufhaus.
Die größere von den beiden
lotste mich auf den Rücksitz
von einem Taxi und
machte die Beine breit.
“Mal einen draufmachen, Baby?”
Sie packte meinen Schwanz,
rieb ihn steif mit ihren
fetten Händen, ließ ein
pralles Stück Schenkel sehen.
Ich gab dem Fahrer einen Dollar.
Jetzt hatte ich nur noch drei übrig,
war so gut wie pleite.

Ich hatte einen Fick dringend nötig.
“Wieviel willst’n anlegen?”, fragte sie.
Ich griff ihr an den Arsch.
“Gib mir ne Nummer auf Rechnung
des Hauses”, sagte ich.
“Hast nicht zufällig fuffzehn
einstecken, hm? Ich brauch
die Piepen dringend”, sagte sie.
“Bin bloß ’n armer Songschreiber, Baby.
Geld brauchen wir alle, aber ne gute Nummer
ist rar. Wie wärs, wenn du mir eine
mit auf den Weg gibst, als Glücksbringer . . ”
Sie lachte schallend – “GLÜCK?! Du hast
vielleicht Nerven! Ich fick für Geld,
und Schwanz gibts hier jede Menge!”
Sie ging allein nach oben.
Ich latschte wieder nach Hause.
Es war ein elendes Gefühl, pleite zu sein.
Scheiße, Mann, das hätte ein
tierisch guter Fick sein können.

Geraldine

Geraldine hatte die größten Titten
in der ganzen Stadt
Als der erste bei ihr drüberstieg
war sie dreizehn
Geraldine fickte für ihr Leben gern
Geraldine hatte eine große Pussy
Sie fickte überall
In Kinos
In Heuschobern und Schuppen
Zuhause bei ihrer Tante auf dem Fußboden

Im Stehen an einer Hauswand
Auf dem hintersten Sitz von Omnibussen
Und auf der Ladefläche von Lastwagen
Ein Zyklon aus Texas, der die
ganze Welt anheizte
Dann hatte sie es satt, ihre Pussy immer
für umsonst aufzumachen
Sie ging nach Chicago
Riß fünf Jahre in einem verlausten Hotel
an der North Side ab
Mit vierundzwanzig
verreckte sie auf der Straße
Geraldine fickte für ihr Leben gern
Geraldine hatte die größten Titten
in der ganzen Stadt
Geraldine

Fat Annie

Annie hatte einen dicken fetten Arsch
  und dicke fette Beine
Annie war über einsachtzig groß
Annie war ein einsames Girl
Annie fand sich häßlich
Annie träumte nachts von Männern
Annie wollte, daß sie jemand liebt
Annie wog neunzig Kilo
Annie war Kellnerin in einer
  Kneipe am Highway 30
Annie wurde entjungfert von einem
  geilen Fernfahrer
Annie wimmerte und stöhnte und war glücklich
  daß sie mit 26 endlich keine Jungfrau mehr war

Die Fernfahrer redeten nicht drum herum
Annie, sagten sie, du hast garantiert
ne enorme Muschi
Annie wollte einen Mann fürs Leben
Sie ging die Straße runter und
wackelte mit dem Arsch
Alles an ihr wackelte, sogar ihre
dicken fetten Waden
Annie war ein einsames Girl und wollte
einen Mann fürs Leben
Sie wollte einen Mann, der sie liebte
wie sie war
Annie ging die Straße runter und
wackelte mit dem Arsch
Die Sonne schien gleichgültig
auf sie herunter
Annie war ein einsames Girl
Annie hatte einen dicken fetten Arsch und
dicke fette Beine
Annie war ein einsames Girl auf der Suche
nach dem Mann fürs Leben

Zimmer 107

Die Trebe dauert jetzt schon viel zu lang
Meine Angst wird immer älter
Mein Körper ist gerädert
Mein Kopf total durcheinander
Ich trinke, um zu vergessen
Die Zeit tickt in den Wänden

Soll ich mir vielleicht ein MG besorgen
und die Bourgeoisie umnieten?

Nein.
Soll ich mir eine gute Frau angeln
und einen guten Job, und sonntags
in die Kirche gehn?
Nein.

Vielleicht den Großen
Amerikanischen Roman schreiben?
Geschenkt.
Vielleicht einen gebrauchten Fallschirm
erstehen und damit abspringen?
Nein.

Ich geh jetzt raus und vertrete mir
die Beine und lache, daß sich die Balken biegen.
Es ist Vollmond.
Ich werde mit dem Mond reden,
werde tanzen
mit den Gerippen auf dem Friedhof.

Richard Morris

Reno, Nevada

In Reno, Nevada stehen die alten Ladies an den
   Spielautomaten und können nicht mehr aufhören.
Reno, Nevada hat eine einsatzfreudige Polizei,
   eine aktive Handelskammer und einmal im Jahr
   ein Rodeo.
Reno, Nevada ist benannt nach einem Paiute-
   Indianerhäuptling namens Reno, Nevada.
General U.S.Grant wollte mal in Reno, Nevada
   begraben werden.
Guiseppe Verdi komponierte eine Oper, die er
   "Reno, Nevada" nannte.
Als sie Jesus ans Kreuz nagelten
   schrie er: "Reno, Nevada!"

Manchmal wache ich jäh aus einem Angst-
traum auf: wie eine riesige Bestie kriecht
   Reno, Nevada quer durch die Wüste
   auf mich zu.

Harold Norse

Amerikaner

Ich sehe euch jetzt,
  eiskalt noch in eurer Angst
eine vielköpfige maskierte Bande
  das stumpfe Glitzern eurer Augen
in den Löchern der weißen Kapuzen.

Einmal erlebte ich euch in Alabama
  da hatte ich einen stählernen Schutzhelm auf
und baute an den Liberty-Schiffen mit

Plötzlich ein Durcheinander
  es treibt uns aus den
Stahlplatten heraus
            auf den Vorplatz
Haarbüschel, schwarzes
      Fleisch, Blut
              an Bleirohren
Es schwemmt mich in die keilende Menge rein
                    ich brülle
“Hört auf!”
          mein weißes Gesicht
                      geht
unter
      in eurem wilden
                  Haß.

Onkels

1
Schmuggler, Buchmacher, Boxer, Anreißer
Onkel Joe, der Schläger mit dem weichen Herzen
Drei bewaffnete Ganoven machte er mal fertig
ganz allein, ohne eine Knarre
Zweimal verheiratet, zweimal reingefallen
Am Ende wettete er auf Pferde
und dämmerte hinüber, pleite,
in einem Motel in Miami.

2
Meinen Onkel, der Taxi fuhr, nannten sie Big Red
Er zog groß und stolz in den 1. Weltkrieg
kam mit Granatenkoller wieder, stotterte,
ein gräßliches gefrorenes Lächeln im Gesicht
Hatte vor meiner Tante mehr Angst als
  vor den Hunnen
rauchte nicht mehr, keine Scherze mehr,
  keine Kinder
Starb mit 40. Senfgas.

3
Onkel Lou hatte strähniges blondes Haar
war scheu und durcheinander, ergab sich
  dem Suff
seine irische Frau hielt mit
Sie starben beide unterm Tisch.

4
Onkel Mike hatte 12 Kinder,
eine Hypothek auf dem Haus und eine
  fette Deutsche als Frau

Immer nur Handlangerjobs, zuletzt Barkeeper,
verlor seine Haare, wurde dick, vertrank
das ganze Geld, ließ sich zu Christus
bekehren und starb als Fürsorgeempfänger.

5
Oh blauäugige Onkels
ihr habt mir Boxen und Saufen beigebracht
und daß man immer fair sein soll
ihr habt mir nichts als ratlose Cousins
hinterlassen
Habt ihr nicht gewußt, daß Juden
nicht saufen, sich nicht prügeln?
Juden sind nicht groß und sehn nicht gut aus
und erst recht sind sie nicht arm und dumm
ONKELS!
Was war bloß mit euch los?

Der letzte Bohemien

Zur Erinnerung an Maxwell Bodenheim

Ich sah ihn oft in der MacDougal Street, wie er
einen Ball hüpfen ließ und mit den Zähnen dazu
klackerte, ein irres Grinsen im Gesicht.

Manchmal ließ er ein Yoyo tanzen
und verhökerte alte Sonette für 1 Dollar pro Stück
"Saa-gen-haftes Gedicht", murmelte er "Handsigniert . . ."

Er stank nach billigem Schnaps
schlief seine Räusche in der U-Bahn aus,
den Schädel unter dem bleichen struppigen Haar
blutig gestoßen.

Er war der Dante des Greenwich Village.

Manchmal verdrosch er seine Alte auf dem
Washington Square
und sie schrien einander an
"Elende DRECKSAU!"
"HALT'S MAUL! SCHLAMPE!"
"Gottverdammte ZICKE!"

Alles blieb stehen und gaffte. Eine alltägliche
Szene für die schachspielenden Italiener
die ruppigen Lesben, Zigarrenstummel im Maul,
die Schwulen auf der Suche nach knackigem Fleisch.

Maxie hatte immer eine Aktentasche dabei
mit einem Geheimfach voll wichtiger Mitteilungen
die sich alle auf das "Revolutionäre Girl" bezogen.

Er war ein spleeniger Prophet, der unverhofft losbrüllte
"IHR FASSISTEN-SÄUE!!"

Eine seiner Lesungen beendete er abrupt damit
daß er von der Bühne herunter ins
Publikum schiffte.

Seinen Tod hätte er selbst nicht
kunstvoller arrangieren können:
ermordet von dem krankhaften Hasser
mit dem Blitzlichtgrinsen
der schrie: ICH HAB 'N ROTEN KALTGEMACHT!

Er starb mit *The Sea Around Us*
in seinen verkrampften Armen

Griechenland antwortet
(Für Nanos Valaoritis)

Griechenland antwortet mit Vergewaltigung und Sodomie,
eine passende Antwort auf all diese christlichen
Jahrhunderte, die das Bewußtsein vergifteten
und der Seele den Rausch und die Lust
vergällten

Griechenland antwortet mit kalten Zellen und
stinkendem Fraß für harmlose Kiffer
und mit Zisternen voll Mikroben
Olivenbäume werden für baufällig erklärt
und der delphische Nabel der Welt ist ein
faules Ei aus Stein
wer das Ei anfaßt, erkennt den Ursprung des Wahnsinns

Griechenland antwortet mit Reedern
läßt mystische Poeten verschwinden
in den Amtsstuben der Bürokratie
erstickt an den Verbrechen von Zollbeamten
die verarmten Invaliden legal das Auto stehlen
in alptraumhaften Baracken voll undurchsichtiger Akten

Griechenland antwortet mit lyrischen Anwälten
die fiskalische Verse zitieren
liebenswürdig um ein altes Foto bitten und
gleichzeitig ihr Honorar erhöhen
dich im Ouzo-Rausch im Bett überfallen wie
haitianische Blutsäufer
und den wehrlosen Klienten bis zur letzten Drachme
erpressen

Griechenland antwortet mit blutig gepeitschten Fußsohlen

zermalmten Kniescheiben und Knöcheln
Die Freiheit erstickt unter dem Schnauzbart
    eines Obristen
Den Klassikern verpaßt man Elektroschocks
    in die Genitalien
Der Discobulos wird im Siegesrausch trepaniert
und landet im Irrenhaus

Griechenland antwortet aus dem Mund der Medusa,
paralysiert das Land mit Sternen aus Beton,
spuckt Schlangengift bis auch das letzte Auge
so blind ist wie das schwarze Loch im All
wo die Materie verpufft in der kosmischen Mülltonne

Griechenland antwortet mit Junta-Panzern und MPi's
    geschmiert und gewartet von der CIA
antwortet mit den Schreien gequälter Bauern,
verschüttet unter Jasmin und ewiger Sonne
erwürgt in galvanisierten Buchten aus Amethyst
gelähmt in Grotten und Olivenhainen, guillotiniert
von Tänzen in Tavernen, das Fingerschnalzen eines
Schnauzbärtigen macht den Mord so offiziell wie
    einen Reisepaß;
antwortet mit geilen Geheimpolizisten, die den
    Hals nicht vollkriegen von Orgien
antwortet mit kurzem Haar, langen Röcken,
    toten Zeitungen
Verließen, ramponierten Statuen, zerrissenen Pakten,
zertrampelten Resten von Zivilisation, zerstörten Werken;
Dichter brüllen von den Ruinen blutender Parthenons
herunter,
die tragische Muse fliegt in einem Bomber mit, die Götter
sitzen auf den Schiffen der 6. U.S.-Flotte

Griechenland antwortet mit einem texanischen Akzent
mit einer Zunge aus Tungsten, einer Kehle voll Benzin
mit gelbrotem Smog, mit Eidechsen auf der Agora
mit Computern, die den Abacus in der Weinhandlung
abwürgen
mit Raketensilos im Herzen
mit Marmor in den Adern
mit 8 Millionen Zitteraalen
die ganze Bevölkerung von Griechenland
unter der Knute von 3 oder 4 kläglichen Geistern
amerikanische Spitzel auf dem Platz der Verfassung
schnüffeln nach verbotenem Sex für ihre geschlechts-
losen Akten
bestücken Weinranken und Cocktail-Kirschen
Bücher, Achselhöhlen und Genitalien
mit elektronischen Wanzen
damit es von New York bis Piräus keinen
unkontrollierten Gedanken mehr gibt
und der Gummi-Krake der Stahl- und Ölkonzerne
sich die ganze Erde klemmen kann

Griechenland antwortet mit KZ-Inseln, mit Selbstmord,
versiegten Quellen, Wänden aus weißen Blumen
Mythen von Monstern, die jedem durch die Blutbahn
kriechen; Erinnerung überwältigt uns in Griechenland
Die Statue fällt für immer durch die Zeit
Im verwahrlosten Delos reckt Apollo seinen
abgebrochenen Schwanz der Ewigkeit entgegen
Rhodos beschießt die türkische Küste mit
Kakerlaken so groß wie Spatzen
Die Frösche des Aristophanes quaken in der
Brandung von Kreta
Platos Jünglinge rasen geifernd und tanzend durch
die Gegend und schnalzen mit den Fingern den Takt dazu

Der Minotaurus flirtet mit dem Trojanischen Pferd
auf dem Flohmarkt von Athen
Der Dollar hat die Drachme gepimpert
auf Konstantins abgedanktem Thron
und kleine Draculas sind jetzt die wertlose Landeswährung

Tsaruchis der Maler sagt: "Es gibt hier keine Männer mehr"
Er muß es wissen, er hat sie alle im Bett gehabt
Minos ist nach London geflüchtet und bildet sich ein
er sei Che Guevara
Zina betätigt sich in Neapel als Madame Blavatsky
Nanos im Exil in Oakland plant den surrealistischen
Sturz der Junta mit Gedichten
außer dem American Express sind alle aus
Griechenland weg
in den Cafes sitzen jetzt nur noch Tote
Leichen studieren Reiseführer
Kadaver zücken ihre Kameras
Mumien stochern in Ruinen
Der Akropolis stehen die Skelette bis zum Hals
Die Karyatiden überlegen sich, ob sie nicht
nach Hollywood auswandern sollen
Gegen Melina Mercouri könnten sie sich
jederzeit durchsetzen
Ich will dich nicht verlieren, Ägäis
Komm zurück, du Amethyst von einem Meer
Was sollen wir ohne dich anfangen
Wo sollen wir denn hin
Ich bin trostlos
Wo finde ich sowas wie deine Magie

Griechenland antwortet: Erkenne Dich Selbst

Im November

Im November strich mir die Fürsorge meine Essensmarken.
Der Computer behauptete, ich existiere nicht.

Im November verlor ich meinen besten Freund, der mir
eröffnete, für ihn existiere ich nicht mehr.

Im November verlor ich meine Manuskripte und kam
mir selber vor, als existiere ich nicht.

Im November schrieb ich meiner Mutter 2 Postkarten. Dann
kam ein Brief von ihr, in dem sie sagte, sie habe schon
ewig nichts mehr von mir gehört, und OB ICH ÜBER-
HAUPT NOCH EXISTIERE?

Im November bezahlte ich meine Telefonrechnung und
kurz darauf schickten sie mir eine letzte Mahnung.

Im November warf wir meine Freundin vor, ich sei nicht
mehr recht bei der Sache, und überhaupt viel zu selten,
und an Wochenenden und Feiertagen, sogar an jüdischen,
würde ich mich geradezu entmaterialisieren; sie knallte
die Tür hinter sich zu und ließ mich sitzen mit einem
Spülbecken voll dreckigem Geschirr, mit Bettwäsche, die
schwarz war vom Dreck ihrer Füße, mit blutverkrusteten
Watteklumpen und Zigarettenlöchern als Souvenirs.

Im November platzten meine Schecks, kam keine Post mehr
durch, die Toilette verstopfte, die Katze erstickte,
meine Gedichte wurden abgelehnt, ich kriegte Spulwürmer,
mein Arsch kam mit Syph und Schuppenflechte nieder.
Jetzt fehlte mir nur noch ein Erdbeben, das mir vollends
den Rest gab, und tatsächlich war auch eins überfällig,

wenn man den Zeichen am Himmel und den einschlägigen wissenschaftlichen Kreisen glauben durfte.

Im November suchte ich im City Lights Bookstore nach meinen Büchern und entdeckte nur meine frühen Übersetzungen von Belli, ansonsten existierte ich nicht in den Regalen, obwohl eine Doktorarbeit gerade *nachgewiesen* hatte, daß ich existierte; sie stammte von einem Kid in Arkansas, 300 Seiten, die anscheinend noch keiner gelesen hatte. Titel: *Orpheus auf dem Abstellgleis – Harold Norse, na und?*

Im November gab ich eine Lesung, für die man in letzter Minute noch so hervorragend Reklame machte, daß tatsächlich 5 Leute kamen, 4 von ihnen waren besoffene Stänkerer, der fünfte hatte sich auf dem Weg zum Klo verlaufen, und einer von den Säufern sagte ständig zu mir: "Sag mir endlich mal, wie ichs zu was bringe! Ich hab es satt, immer zu den Verlierern zu gehören!" und ich antwortete ihm aus jahrelanger Erfahrung: "Mach dich unsichtbar!"

Im November ging ich bei Grün über die Straße, da kam ein grauhaariger Mensch, der aussah wie Spiro Agnew, in seinem Cadillac an und wollte mich über den Haufen fahren, und als ihm das nicht gelang, fluchte er lauthals was von Law & Order.

Im November beschwerte ich mich bei den Leuten, die über mir wohnen, weil sie Tag und Nacht ihren Hard Rock in Stereo laufen ließen, daß die Wände wackelten, und sie sagten, das sei nicht Krach sondern Musik, und außerdem sei ich ein notorischer Spießer; ich beschwerte mich bei der Gelegenheit auch über den Kerl, der immer von Mitternacht bis 3 Uhr früh direkt über meinem Schlafzimmer sein Karate-Training absolvierte; und dieser Typ meinte, ich solle Yoga machen und mein schlechtes Karma loswerden. Damit hatte es sich. Sie spielten weiter ihren Rock und trampelten mit ihren Stiefeln herum und zertrümmerten Backsteine bis morgens um 4, als existiere ich überhaupt nicht, und

Im November feierte ich das Erntedankfest ohne einen gebratenen Truthahn aber mit einem Ohr, auf dem ich noch was hörte, einem hohen Cholesterol-Spiegel, 50 Cents in der Tasche, einem Gewicht von 72 Kilo und zwei intakten Eiern.

Nila NorthSun

Indianerlager

Unter weit
ausladenden Bäumen
stehen ihre Herde
Coleman-Öfen Kerosin
Lampen Klappstühle
daneben Pritschenwagen
Campingbusse Tipis
ein paar Wohnwagen
Zwei-Mann-Zelte aus
Heeresbeständen mit
Dreck & Gras als Boden
& kein Indianerlager
ist komplett ohne
Scheißhäuser aus Plastik
in denen es kein Klopapier gibt
& entsetzlich stinkt

Minuten nach dem letzten
gelallten Song der
durchsoffenen Nacht
verkündet der Ausrufer
den Tagesplan
& sagt ihnen, sie sollen
ihre Verpflegung abholen
Fleisch, Brot, Kartoffeln
Kaffee & Zucker
Die Sonne geht auf
es wird heiß in den
stickigen Zelten, sie

wachen auf da drin
manche haben
im Auto geschlafen
die Fenster hochgekurbelt
sie wachen auf, machen sich
ihr Frühstück
Kinder schütten sich das
Trinkwasser übern Kopf
Alte stehen ein bißchen
beisammen und reden
Alle machen sich fertig
für das Powwow
da sind sie dann wieder
die farbenprächtigen Indianer
die man von Touristen-
fotos kennt

Wie mein Cousin ums Leben kam

Es war seine Freundin
sie tranken Wermut
den sie außerhalb vom
Reservat gekauft hatten
sie waren mit seinem
alten Kombi hingefahren
und zurück fuhren sie
auf einem einsamen Feldweg
er kriegt Streit mit
seiner Süßen, muß mal
kurz pissen, steigt aus
sie hockt sich hinters
Lenkrad, fährt ihn rückwärts
um, haut den ersten Gang rein

fährt über ihn weg
Rückwärtsgang rein
nochmal drüber
und so weiter
am nächsten Tag
schaufelt ihn die
Indianerpolizei
in einen Kartoffelsack
so kam mein Cousin
ums Leben

Oma & Burgie

Oma lebt in ihrer eigenen Welt
nur sie und ein paar alte Bekannte
der Barkeeper natürlich und ihr
Mann mit dem Bierdosen-
Hut den sie ihm zu seinem
Geburtstag gemacht hat
ich glaube sie hat ihn geheiratet
weil er genauso aussieht wie der Kerl
auf dem Etikett der alten
Burgermeister-Brauerei
wir sagen bloß noch Burgie zu ihm
Oma ist 'n echter Swinger, steht
auf Parties & schwingt gern
das Tanzbein:
Hochzeitstage, Abschiedsparties
St. Patrick's Day, Geburtstage
an Silvester malte sie sich
mit nem Filzstift einen
Schmetterling auf den Schenkel
ging zu jedem von ihren alten

Bekannten hin, lüpfte das Kleid
und zeigte ihren Schmetterling rum
sie war der große Hit in dieser
Silvesternacht
an ihrem Geburtstag fiel sie
vom Barhocker runter und
blieb mit einem Beckenbruch liegen
es paßte ihr überhaupt nicht
daß sie ins Krankenhaus mußte
ich glaube, so lang war sie noch nie
aus ihrem dunklen Versteck rausgekommen
aber eigentlich ist es gar kein Versteck
jedenfalls wissen wir immer
wo wir sie finden können:
auf dem achten Barhocker, neben
dem Mann mit dem Bierdosen-
Hut

Runde Eins

Unsere Hochzeitsnacht
verbrachten wir im Nimitz Motel
nur ein paar Häuserblocks von der
Ecke wo ich aufgewachsen bin
direkt am Nimitz Freeway
Wir teilten unsere Hochzeitsnacht
mit seinem besten Freund
& meiner besten Freundin
die es blind miteinander brachten
Wir warfen eine Münze und
losten das Doppelbett aus
wir beide gewannen
Im Fernsehen kämpfte

John Wayne gegen die Indianer
sie verloren
Ein Fernlaster fuhr
über den Mittelstreifen und
stieß mit zwei Autos zusammen
die verloren
Wir machten die Flasche Tequila leer
fickten & schliefen
am Morgen zogen wir aus, restlos
verkatert, nahmen die Handtücher mit
Es war ein Unentschieden

Rochelle Owens

Spritztour im Morgengrauen

Ich war schnell
ich legte
den Girl ganz smart meine
Hand auf den zarten
Schenkel. Ich bog meinen geschmeidigen
Tänzer-
fuß durch, machte den
großen Zeh lang & rieb ihn
an ihrem seidenweichen
Knie.
So tanzten wir träge den Tango,
tranken
ein
Club Soda Gesöff
das sich 'Moonfrost' nannte
& damit war die Nacht gelaufen.

Hinter dem Rücken des
Taxifahrers stopfte ich das
griechische Girl mit
Schokolade voll
und sie mich.
Wir unterhielten uns über die Zirkusse
von Europa
sie schenkte mir eine große
Barbie Doll
& versprach, mich nach
Afrika mitzunehmen.
Ich kanns kaum erwarten, bis es

soweit ist
meine Kerze brennt an beiden
Enden, sie wird nichtmal reichen
bis morgen früh.
Naja.

Abschied von einem chinesischen Liebhaber

Du Spinner!
Du Lappländer
auf dem Times Square!
Du dunkelhäutiger &
dünnfelliger
(schmuddeliger)
fantastisch küssender Freak!
(der Schaum läuft dir jedesmal
an deinem wunderschönen
chinesischen Bart runter)
Ah mach doch 'n Wong-joo und fahr
60 Fuß tief
zum
Deibel!

Michael Perkins

Einstand

In der West 3rd Street, sagte er
gibts eine Mafia Bar
da kenn ich den Rausschmeißer
komm wir nehmen uns ein Taxi
ich hab Durst.
In der Kneipe tanzte eine in BH und Slip
auf einem Tisch, sie lächelte in einer Tour
ein Girl in Jeans an, und die lächelte
zurück, ganz spitz im Gesicht.
Also, sagte er, die Drinks gehn auf mich
wenn du mir dafür deine Story erzählst.
Der arme Knilch. Erst gabs nur Rye,
dann ging ich zu Scotch über (meine Geschichte
wurde besser) und fing an zu trinken
als wäre mir richtig wohl in seiner
Gesellschaft. Die Halbnackte
kam her und fragte, ob ich
was auf der Jukebox drücken wollte
und ich sagte: Nee, aber dir würd ich
gern was in die Box reindrücken.
Ich wußte, daß sie schwul war.
Außerdem hatte ich es satt, mich dauernd
am Riemen zu reißen. Wenn du's genau
wissen willst, sagte ich jetzt zu dem Kerl
Ich bin ein ziemlich fieser Kunde.
Er lachte. Das nehm ich dir nicht ab,
sagte er. Ich drosch ihm eine rein
und er hielt sich die Hände vors Gesicht
und ich mußte auch noch sagen:
Ich hab dirs ja gesagt.

Durch Ohio

Auf dem Highway
fuhren wir in der Abenddämmerung
hinter den großen Tankwagen her
schmissen Bierdosen aus den Fenstern
links und rechts tauchten die
Tankstellen von Ohio auf
wir zischten dran vorbei und
verschwanden im Bauch der Nacht.

Chilicothe
hieß das Kaff. Wir genehmigten uns
eine Bulette mit Coke, nahmen
ein Girl und einen Mann mit.
Am Stadtrand zwangen wir ihn
zum Aussteigen, dann
fickten wir das Girl
bis Kentucky..
Dort kamen wir am frühen Morgen an
wir stellten den Wagen
in einer Seitenstraße ab
stopften der Ische zwei Dollar
in den Schlitz und
suchten uns eine White Tower Bude
wo es Kaffee und Donuts gab.

Stuart Z. Perkoff

In Memoriam: Gary Cooper

Coop, ich weiß, es interessiert
dich nicht die Bohne, aber ich
sags trotzdem:
alle meine Gedichte sind
amerikanische Filme, elektrisches
blink blink blink Neon Zeon Geflimmer
und voll von Helden Helden Helden
so groß wie die von der Firma Bond
am Broadway, oder die Präsidenten-
schädel am Mount Rushmore.

Hey, Coop! Brrr! Hey!
Schluß mit der Shitkickerei
aus und vorbei
tot.
Große Klumpen von Hollywood
brannten an dem Tag, als dich
ein Querschläger von einem Orgonstrahl
erledigte. Und der alte Wilhelm Reich
mußte in einem Bundesgefängnis krepieren
weil er dahinter gekommen war
wie man mit dem Krebs fertig wird.
Na, an dein Krankenbett hätten sie
ihn eh nie rangelassen. Krebs
ist schließlich der einzig
anständige Tod für 'n echten
Amerikaner.
Ein schwacher Trost für dich, Coop
vollgepumpt mit Morphium, in den

letzten Zügen . . .
während unterhalb von diesem verrosteten
H O L L Y W O O D Markenzeichen
an dem kackbraunen Berghang
die Häuser der Reichen
in Flammen aufgingen, hast du
deinen letzten Schnaufer getan,
füßescharrender eingestaubter
Jean Arthur mit dem verschämten
Augenaufschlag.
Dirty Old Man.

Ein Sackschutz drückte dir immer
den Schwanz platt
wenn dich die Indianer am
Marterpfahl hatten
und dir Feuer machten
unter die Fußsohlen;
platt wie eine Brett
dein einsamer offizieller
tick tock Schwanz
den die geile Katy Jurade
beim Überfall auf diesen
Eisenbahnzug so gern
mal angelangt hätte.
So haben sie dich immer
gezeigt: blitzsauber
und ohne Schwanz.

Erkennst du mich? Ich bin der Regisseur.
Mein Kopf sitzt verkehrt rum, meine
Beine sind zusammengestaucht,
nur noch halb so lang.
Weiß nicht, wozu ich mir jetzt

noch einen abbrechen soll, während
der Krebs in deinem toten Fleisch
weiterfrißt . . . ein Rancher-Frühstück
aus Pfannkuchen Bratkartoffeln
Kugeln hektographierten Drehbüchern
Rührei haufenweise Sirup
& keiner tut dir was
in den Kaffee.

Brrr! Hü, hott!
Ist das nicht komisch . . .
nicht bloß die
Häuser, die da unten
so lustig brennen,
auch die Art wie du dich
so still und leise in deinen
Tod verdrückt hast
(hat es dir noch zu einem letzten
knappen "Yup!" gereicht?)
Es ist wirklich ein Witz.
Ein großer knallharter Cowboy
kann doch nicht einfach
im Bett abkratzen, während
halb Hollywood
brennt.
                    Komm zurück, Mann
spuck das Feuer aus
klemm dir ein paar Hilfs-
sheriffs, ein paar Klepper dazu
und stell was auf die Beine
jodle die Canterbury Tales
& ich geb dir ein
Comeback in den
'Kowboy Pomes'

Viel Geld ist nicht drin
aber immer noch besser
als ne Leiche sein.
Vielleicht.
Naja, so
long, Coop.
                    yup!

Robert Peters

Der Philosoph

Er ist ein alter Mann, ein
alter Philosoph. Er stirbt,
wir balsamieren ihn ein und
wickeln ihn in Flanell.
Wir stellen ihn draußen
auf ein hölzernes Podest
am Ufer eines trägen Kanals.

Jetzt ist er schon mehrere Stunden
tot, umgeben von Hortensien, Castor-
Bohnen und anderen Friedhofs-
blumen. Wir lesen seine Werke.
Sie sind ziemlich kraus: zu
kantianisch, zu platonisch, zu
erotisch. Wir lachen uns kaputt,
schaffen uns in eine Orgie rein.
Der Wind spielt mit seinem
toten Haar. Wir halten seinen toten
Augen ein Bild von Schopenhauer hin.

Er regt sich und gähnt.
Langsam wickelt er sich aus,
die Stoffbinden hängen ihm
um die Knöchel herum.
Er wirkt ein bißchen verschrumpelt
von dem vielen Formaldehyd.
Er sieht aus wie Freud. Wie
Sokrates sitzt er
zwischen seinen Schülern, das eine

Bein läßt er vom Bett runterhängen.
"Reden, reden, reden", sagt er.
"Und ficken. Das ist alles, was ihr könnt.
Was anderes interessiert euch nicht."

"Right on!", brüllen wir und fragen uns
was dieses Wunder zu bedeuten hat.
Er zieht sich sein Leichenhemd übern Kopf
fummelt zwischen seinen Schenkeln, sein Schwanz
steht auf wie Lazarus von den Toten.
Er wichst sich ungerührt einen runter.
Wir skandieren lauthals seinen Rhythmus mit.
Er stirbt und legt sich wieder
flach. Engel, winzig wie Glühwürmchen,
steigen aus seinem Sperma empor,
jeder mit dem Gesicht eines
berühmten Philosophen.

Die Engel umflattern ihn
klatschen in die Hände und singen.
Sie werfen ihre Engelsklamotten ab
und hechten ihm unter die Haut.
                        Er fliegt in den Himmel.

Francis Bacon

Er steht bis zu den Knien
in einem Fluß, Bäume
an den Ufern brechen unter der
dumpfen Last ihre Äste. Er
spürt die Strömung. Sehen
kann er sie nicht. Stromabwärts
in der Nähe der großen Fälle

kratzen sich Paviane
ihre blaugefrorenen Säcke
und fletschen höhnisch die Zähne.
Ein gigantischer Fleischerhaken
dreht sich langsam, peilt
mit der glitzernden Spitze
sein Opfer an.

Urwaldforscher

1

Ich erreiche das Dorf. Das
übliche Bild: Bambus, Buschwerk
und Blut, streunende Schweine und Hunde.

Die strohgedeckte Hütte
des Häuptlings, Hörner
über der Tür, Rauch,
seine Frauen sitzen davor, in einer
Reihe, auf einem Baumstamm.

Ein weißes Schwein
mit einem Messer in der Kehle
rennt vorbei, ein
Pfau spreizt seine Federn
ein Medizinmann schwenkt
einen Schellenbaum und
ein Tambourin aus Menschen-
haut, er grinst mich
hinterhältig an.

Ich sage, daß ich an einem Buch arbeite
und bitte darum, mir ein paar

blumige Ausdrücke zu nennen, Rezepte,
ein paar Zaubersprüche.
Die Eingeborenen merken, daß ich
kein Revolverheld bin. Zum Beweis
nehme ich auch noch meine
Bazooka auseinander.

Die Weiber lachen.
Zwischen ihren spitz gefeilten
Zähnen hängen Hautlappen.
Sieht aus wie ne Klitoris.
"Führt mich zu eurem Boß."

2
Also gut.
Drinnen: ein Opfer-
feuer, ein Thron,
eine Feuersonne aus Draht,
saftige Früchte, Ananas usw.
Kleine Vögel flattern durch das
Rauchloch im Dach, ein
Gong dröhnt, glitzert, er-
starrt.

Die Hauptfrau schlenkert
ihre Ohrringe und wirbelt
um mich herum, ich kann
nichts mehr sehen
"Wo ist der Häuptling?",
sage ich. "Ich will ihn ehren."
Ich knie mich auf den blank
geschrubbten Boden.

"Er nicht weit." Sie zeigt

auf einen großen Apotheker-
krug. "Schau."
Ein Embryo in Salzwasser.
Ein Fötus mit einer
Krone! Feuer
umhüllt den Krug.

Das Weib malt mir das
Gesicht an, beißt mir
in die Unterlippe, saugt
Blut. Sie packt mein Ding,
steckt es bei sich rein, ich
sprudle, es riecht nach Formaldehyd!

3
Die Flüssigkeit im Krug ist
verdunstet. Der Fötus ist jetzt
eine verhutzelte Pflaume.
Das Weib setzt mich
auf den Thron.

Donner, Flammen,
eine Reiherfeder,
ein Goldregen.
Ich bin mit Eisenschnallen
an den Thron gefesselt!

Charles Plymell

Yellow Wiggle Boogie

Ich habe die letzten Latten verfeuert
Ich habe sämtliche Fenster abgedichtet
Und tanze in der Bude rum, damit mir
warm bleibt, damit mir das nächste Wort
einfällt.
Außerdem hab ich auch noch ein Loch
im Schlappen, da läuft mir das gott-
verdammte Schneewasser rein.
Letzte Nacht habe ich mich ans Haus
von Paul Bley angeschlichen und Holz
geklaut & jetzt will das Scheißzeug
nicht einmal brennen.
Keine Hot Dogs mehr im Kühlschrank.
Hey, sag mal, kriegst du vielleicht
soviel Muschi wie du möchtest?
Ist das eine Kälte. Der verfluchte
Winter rückt an & schickt seine
großen weißen Spinnen übers Land.
Reden wir ein bißchen von der
guten alten Zeit, als hier noch
die Lichter brannten, hm?
Dieses elende Holz will einfach
nicht brennen.
Das wird ein säuischer Winter.

Erinnerungen an Gila Bend, Arizona

Wir pennten in Güterwaggons,
einen Sattel als Kopfkissen,
träumten von einem ersten Preis.

Wir schmissen Whiskyflaschen
auf die Highways, schossen auf Straßenschilder
entlang der Grenze, fickten die Senoritas.

In alten Hotels schliefen wir
mit den Stiefeln an den Füßen;
die wilden Mustangs jetzt lammfromm
zwischen unseren Schenkeln.
Am Morgen zogen wir Lose aus einem Hut.

Wer würde den besten Stier kriegen?
Ich erwischte ihn. Das reinste Karussell. Einen
hatte er schon bedient. Schlüsselbeinbruch.

Ich saß schon nicht mehr auf ihm, als er
losging und die Klapptür in Fetzen kickte.
Ich stieg wieder auf, wickelte mir
das Halteseil um die Hand.

"Hock dich tief runter und laß ihm viel Leine",
sagte jemand. Ich gab das Zeichen und brüllte.
Die Klapptür ging auf, die Erde raste mir entgegen.

Ich saß auf dem miesesten Viech von der Welt.
Er wollte mich runter haben, wie dieser Bronc da,
"Hell to Set" hieß er . . . tja . . .

Hinterher sagte ein Cowboy zu mir:

"Dir hätt ich 'n Vogelnest in den Arsch bauen können, so hoch bist du geflogen."

Draußen auf der Prärie

Früher hockte ich mich
zum Scheißen immer raus
in die Prärie
Die Fliegen schwirrten um mich rum
Breitbeinig hockte ich da
und setzte einen ins Gras
Am nächsten Morgen
glitzerte dann der Tau darauf
& später wurde es zu Humus,
zu Erde.
Staubige heiße Nachmittage
unter der sengenden Sonne
Fliegenschwärme um mich rum
Kein Mensch weit und breit
So hockte ich immer
draußen auf der Prärie
und zog einen Schiß ab.

"Lay A Little Happiness On Me"

Die Girls von New York
sind nur auf Raten zu kriegen
Zeit und Logistik sind für sie
das Entscheidende,
zentrale Lage, das Timing,
allein die Stunden, die sie angeblich
brauchen, um sich gegenseitig zu benachrichtigen –

mit Zetteln die sie in Schließfächern
hinterlegen, nehme ich an; jedenfalls, es
dauert 'ne Ewigkeit, und ständig
brauchen sie Fahrgeld.
Sie achten sogar auf deine Zigarettenmarke.
Was ist für mich drin, du Penner? Rück erst
mal die Kohlen fürs Taxi raus.
Vom Ficken reden sie durchaus, vor allem
an sonnigen Tagen, aber auch
wo man unterwegs am besten einen
Stop einlegt, vom Wetter, von
Hero Sandwiches, Eiskrem, Pizza,
Hot Dogs, Bier und Stullen mit
sauren Gurken drauf.

Bei den Girls von Kalifornien
werden erst mal die Tarot
Karten aufgeblättert.
Fühl dich ganz FREI, Mann.
Die große kalifornische Freiheit,
im Strandhotel bei den Bodybuildern,
beim endlosen Gelaber in der Kabelbahn.
Komm mit raus auf meine Farm
und schau mir untern Rock, ich bin
berühmt, ich brauch bloß noch
auf meinem Arsch sitzen, draußen
auf dem Parkplatz steht mein
Jaguar, aber wenn du schon so
gewöhnlich sein willt, mich um einen
Fick anzuhauen, dann warte wenigstens
bis ich so vollgeknallt bin, daß ich
dich für 'n Schwulen halte und wir uns
über Mystizismus unterhalten können
aber stell dich auf alle Fälle mal

drauf ein, daß wir von jetzt auf nachher
in die Karre steigen und an den
Strand fahren, auf ne Party
oder daß wirs uns in letzter Sekunde
doch noch anders überlegen und mal
auf 'n Sprung bei meinem Psychiater vorbeischauen.

Die Girls von Kansas
reden grundsätzlich nicht davon
aber es ist immer da. Sie alle haben
ihre Unschuld verloren beim
Sprung über einen Viehzaun, oder auf
einem Pferderücken, man unterhält sich
mit ihnen über die gute alte Zeit, über
Gott und die Welt, über die Schule,
man geht ins Kino, pest die Hauptstraße
rauf und runter, sieht der Cheerleader-Mieze zu
wie sie sich den Pullover strammzieht,
man tut alles, um bloß nicht dran
denken zu müssen. Du sitzt im Drive-in
und zerknitterst Strohhalme zwischen
den Fingern, und während du gerade
angestrengt in eine Tüte voll Fritten starrst
und überlegst wie du dich und sie
am schnellsten besoffen kriegst, da
schmeißt sie sich auf dich und
vergewaltigt dich.

Charles Potts

Wanderarbeiter

Jedes Jahr im Herbst
kamen die Mexikaner zu uns ins Tal
in alten schrottreifen Autos
mit kaputten Sitzen und verbeulten Kotflügeln

Ihre Kinder, soweit sie
zum Arbeiten noch zu klein waren
spielten auf dem Hof im Dreck
klauten Äpfel, wateten mit altem Spielzeug
durch den Matsch, und abends
wenn es kalt wurde und die Leute
von den Feldern kamen
standen sie da, in nassen Hosen
oder gar keinen Hosen
und schrien sich heiser

Ich arbeitete mit jungen Mexikanerinnen
sie hatten weiche braune Haut und weiße Zähne
nachts kamen sie aus den Hütten
die wir ihnen hingestellt hatten
küßten uns und lachten und
badeten nackt mit uns im Fluß
dann fickten wir am Lagerfeuer
und jede Spritze Penicillin
die wir uns beim alten Doktor verpassen ließen
weckte angenehme Erinnerungen

Die alten Mexikanerinnen mit ihren breiten Ärschen
rutschten auf Knien durch die Kartoffelreihen

ihre Zähne waren so weiß wie die ihrer Töchter
nur manchmal, wenn es regnete,
hatten sie traurige Gesichter

Die Männer waren alle jung und kräftig
lachend stemmten sie die schweren Säcke
wir kamen nie so recht ins Gespräch
ich war eben 'der Sohn vom Boß'
abends fuhren sie in die Stadt
und wenn sie sinnlos besoffen waren
gingen sie mit Messern aufeinander los

Nach der Ernte zogen sie weiter, immer
noch lachend, die Stoßdämpfer
knallten bei jedem Schlagloch
und für mich hieß es wieder
zurück in die Schule

Laß uns mal 'n Lungenzug an deiner Forelle machen

In den Anzeigen von
Henry's Meat Market
hieß es:
1964 wurde ich Amerikaner
lieh mir Geld für ein Auto
damit ich einen Job annehmen konnte
den ich nie gebraucht hätte
wenn nicht das Auto gewesen wäre
das ich abstottern mußte

Ich brauchte eine Woche, bis ich
den Spruch endlich begriffen hatte,

dann kündigte ich

Ich heuerte als Barkeeper an
Mein Vorgänger, der mich einwies
soff sich an seinem letzten Abend einen an
& hievte aus der Tiefkühltruhe
einen 20 Pfund schweren Lachs
den er geangelt hatte
und seine Freunde am Tresen
des Colonial Inn in Blackfoot
beglückwünschten ihn zu seinem Fang

Er steckte sich den Lachs mit dem Kopf voran
in die Arschtasche und ging
wieder an die Arbeit, und jedesmal
wenn er sich bückte, stand das Ding
hinten hoch, wie eine schuppige
Erektion

Die Frau des Kneipenwirts sagte:
Mike, macht dein Fisch
noch nicht schlapp?

Und Mike sagte: Nee,
aber mein Arsch wird langsam kalt

Steve Richmond

Zündung

Komm in mich rein.
Kriech mir in die
Röhre und sieh dir
den kochenden Klumpen
Shit an, der mir gleich
hinten rausflutschen wird.

Wir kleben aufeinander
wie zermatschte Blumen.
Ich bin ein toter
siamesischer Zwilling
der sein Blut in einen
Inkubus aus Eis
pumpt.

Es gibt kein Wort
keine Rettung für unsere
zerfressenen Hirne
wenn der Schädel der Zeit
über uns wegfliegt
und dir seine Ohren
als Flügel abwirft
und uns
unterbricht.

Für immer.

Gagaku

Pfirsiche
ich lutsche euch
reib meinen Arsch an euch
scheiß euch ins Auge
klemm euch die
winzigen Titten ein
mit meinem Löffel
Ich geifere euch an
fletsche die Zähne
noch einmal
leck ich euch
mit der Zunge ab
Pfirsiche
ich fresse euch.

Das Ende

Aus meinem Loch
quillt zäher Dünnschiß
er rinnt mir durch
die Finger, ich
lutsche daran, es schmeckt
wie verfaulter Pfirsich
ich kriege Maden
in die Nase
Maden kriechen mir
in die Stirnhöhle, fressen sich
durch meine Hirnwindungen –
Als letzter wird sie sehen
der Unbekannte, der sich
durch mein Auge nagt.

Kirk Robertson

"Fahrenheit 451"
bei 22 Grad unter Null

Es ist kalt draußen,
alles hartgefroren, und ich
sehe mir einen Film an
in dem sie Bücher verbrennen.

Es ist kalt draußen.
Auf dem Highway 93
dröhnt ein Viehtransporter vorbei.

Es ist kalt draußen
& der Feuerwehr-Chef
sagt im Fernsehen:
Das da ist keine
erbauliche Lektüre,
das verbrennen wir.
Glücklich werden wir erst sein
wenn keiner mehr anders ist
als alle anderen.

Es ist kalt draußen.
Von der Hitze da,
sagt sie & zeigt auf
den Bildschirm,
könnt' ich jetzt ganz gut
ein bißchen gebrauchen
wenn ich mich in die Falle haue.

Es ist kalt draußen.

Am Highway 93 schalten sie
die EAT Reklame ab.

Es ist kalt draußen,
doch auf dem Bildschirm
gehen Camus, Dostojewski, das
Schlafzimmer & sogar
der Feuerwehr-Chef
in Flammen auf.

Es ist kalt draußen,
alles hartgefroren, und ich
sehe die Bücherregale an
& den Thermostat
und frage mich, ob ich
unter ein paar Meter Schnee
verrecken werde,

oder ob ich das
gleiche sagen werde
wie der alte japanische Sergeant
als er 30 Jahre nach Kriegsende
aus seinem Versteck kam:
"Wen juckt's? Ist doch
Jacke wie Hose."

Der Chlorox Kid

Ich schrubbe die Fußböden
aber ab und zu muß ich
auch noch was anderes machen
z. B. wenn jemand abkratzt
und dabei zuviel Sauerei macht,

und einer muß den
Schmant ja wegmachen.

Anscheinend kommt jeder
irgendwann an einen Punkt
wo ihm alles zuviel wird –
Dope, Alkohol, Ärzte
und schließlich sogar
das Leben.

Das ist der Punkt
wo sie mich holen.
Die barmherzigen Schwestern
wollen sich nicht die Pfoten dreckig machen,
und einer muß den
Schmant ja wegmachen.

Ich hatte mir gerade
in Duck's Market
ein Bier plus Sandwich
auf die Schnelle genehmigt
& stellte mich wie
jeden Abend um 9
auf den unvermeidlichen
Typ mit Blutsturz ein
& die eine oder andere
Überdosis, da
rollten sie ihn rein.

Er hatte Chlorox getrunken.
War ihm anscheinend runter-
gegangen wie Südwein –
er hatte nicht bloß
einen Schluck getrunken

nein, einen ganzen
gottverdammten Liter.

Als ich mit Eimer und Putzlumpen ankam,
stank schon die ganze Station
nach Chlorox, und die kleinen
Pünktchen in seinen Augen
waren Chlorox-Kristalle.

Seine Leber war kaputt.
Der Arzt auch.
Nichts zu machen.
Immerhin, er sterilisierte
die ganze Bude
allein dadurch
daß er darin starb.

Um 11 machte ich Feierabend.

Am nächsten Morgen
zersäbelten sie ihn
in kleine quadratische Stücke
& putzten damit die
Waschbecken und die Wände.

Als ich am nächsten
Nachmittag um 3
meine Karte reinsteckte
stank sogar die Stechuhr schon
nach Chlorox.
Ich tunkte meinen Mop
in den Eimer & fing an
zu schrubben.

Danke für die Drinks, Ladies

Hinter San Berdoo
standen diese beiden Flittchen
am Straßenrand. Sie wollten
nach Las Vegas.
Wir auch.

Schon gehört von dem Girl
das von ner ganzen Rocker-
Bande vergewaltigt wurde?,
fragte die Dicke.

Das war ich, sagte sie.

Wir kamen raus
in die Wüste,
warfen Speed ein, kippten
ein Bier nach dem anderen.
Jess tischte der Dünnen seine
neuesten Ideen auf, von wegen
wie man am schnellsten
zu viel Geld kommt,
er redete wie ein Wasserfall
& mußte alle Viertelstunde pissen.
Dein Freund spinnt,
sagte die Dünne zu mir.

Dann tauchten wir ins
grelle Licht der
großen Lasterhöhle
& suchten meinen Freund
der als Kartengeber arbeitete
aber er hatte den Kasino-Aufpasser

K.O. geschlagen & war
gefeuert worden.

Setzt uns vor Caesar's Palace ab
sagte die Dicke,
wir schaffen mal schnell was an.

Wir sitzen in der Bar
und sehen zu, wie ihnen dieser Typ
ein paar hundert Dollar hinblättert.
Wir gehen eine Weile nach ihnen raus
damit er nicht merkt, daß wir
dazugehören.

Ich kenn hier 'n Motel
da gibts noch billige Zimmer,
sagte die Dicke
auf dem Rücksitz.

Sie bezahlten für das Zimmer
und gingen nach oben,
Jess und ich holten im
nächsten Spirituosenladen
eine Flasche Jack Daniels.

Als wir ins Zimmer kamen
warfen sie sich gerade in Schale,
lange schwarze Abendkleider
tonnenweise Make-up.
Hey, sagte die Dünne,
vielen Dank für den Sprit.

Ich hockte mich aufs Bett
und trank die halbe Flasche aus.

Jess und die Dünne redeten wieder
vom großen Geld.
Wir gehn jetzt 'n paar
Freier bedienen,
sagten sie
und dann können wir uns
draußen am See
ne Hütte klemmen
und relaxen.

Sie bestellten sich ein Taxi
rauschten zur Tür raus
und riefen unisono:
See you later.

Ich trank die Flasche aus,
Jess filzte die Handtasche
die sie zurückgelassen hatten
& nahm sich das Geld
für den Whisky raus.

Dann schrieb er mit einem
Lippenstift auf den Spiegel:
Danke für die Drinks, Ladies.
Als wir rauskamen
ging gerade die Sonne auf.

Sam Shepard

Brief von einem eiskalten Killer

Ich weiß, du mußt nachts immer
an meiner Luger Blackhawk riechen
und die Kugeln nachzählen so wie
andere den Zaster aus der Lohntüte
Vielleicht würdest du mich mehr lieben
wenn ich kein Berufskiller wäre
Es stimmt, wir sind viel unterwegs
das ist schlecht für den Jungen
Du gewöhnst dich an den Dodge, und
am nächsten Tag haben wir schon wieder
einen anderen Schlitten
Wenigstens lernt er so das Land kennen
Das Zugfahren macht ihm Spaß
und daß wir jedesmal andere Pässe haben
Da sind ein paar Lügen nicht so schlimm
Die Blutflecken auf dem Schlips
die sieht er jeden Tag auch
im Fernsehen
Du kannst ja sagen, es ist Lippenstift
Und wenn ich mal ein verkohltes Auge habe
sagst du eben, mir sind die
Streichhölzer explodiert
Oder sag ihm doch einfach die Wahrheit:
daß ich ein kaltblütiger Killer bin
und die Kohlen anschaffen muß, damit ich
ihn mal aufs College schicken kann
Und gib ihm einen Kuß auf die Stirn
und steck ihn unter die Bettdecke
und schreib mir, was er alles sagt
in seinem himmelblauen Schlaf.

Guam

Ein Jeep holpert mit Vollgas durch den
sattgrünen tropfenden Dschungel. Schlangen
hängen von den Ästen herunter. Die Mutter
ballert mit ihrem Revolver aus dem Seiten-
fenster, sie feuert vier Schüsse in den
dicken Regen, der Junge mit dem Cowboy-
Hut kauert unterm Armaturenbrett und
hält sich die Ohren zu. Die Japse,
in Lendenschurz und Tennisschuhen, laufen
auseinander und hechten in Erdlöcher. Einer
preßt sich die Hand auf ein Loch im Bauch.
Der Jeep rast die Böschung hinauf und
kommt auf die schwarze aufgeweichte
Asphaltstraße, die Fahrt wird ruhiger. Die
Mutter verstaut ihre Knarre unter dem Sitz
und tätschelt dem Jungen den Kopf. Sie
fahren ins Autokino rein, parken, stöpseln
den Lautsprecher ein, lehnen sich zurück
und genießen das Musical "Song of the South".

Schwarzes Bärenfell

Dauernd sehe ich den schwarzen Bären vor mir.
Egal wo ich bin, überall starrt er mich an.
Im Horn & Hardart's
stolpere ich über ihn.
Ich sehe mich, wie ich
auf dem Boden hocke,
meine Pfeife rauche und
sein frisch abgezogenes
Fell anstarre.

Draußen höre ich die Schlittenhunde
die ihre Fische fressen.
Er sagt nichts, er
will nichts von mir.
Aber tot sieht er auch nicht aus
obwohl nur noch Pelz und Schädel und
Pranken von ihm übrig sind
und die kleinen schwarzen Knopfaugen.
Er kommt mir immer noch
stark und lebendig vor, aber irgendwie
wirkt er auch ein bißchen hilflos,
fast rührend.
Er gibt mir keine Antwort.
Ich gehe mit dem Bowie Messer
auf ihn los. Er grinst mich bloß an.
Ich schleppe ihn mit, wenn ich
im Mondschein spazieren gehe,
aber er macht sich nur schwer
und zieht den Arsch nach.
Ich gehe mit ihm fischen und auf die Jagd
aber er macht sich nichts daraus.
Ich versuche ihn zu ficken,
von vorne, von hinten,
von unten.
Interessiert ihn alles nicht.
Deshalb habe ich ihn heute abend
ins Kaminfeuer geworfen.
Der Gestank war unglaublich.
Jetzt sind nur noch seine Klauen übrig.
Ich trage sie als Kette um den Hals,
ich werde sie überall tragen,
egal wo ich hingehe.
Er fehlt mir wirklich sehr,
dieser Bär.

Charles Stetler

Jeep

Lee Handley ist tot. 52 wurde er. Herzinfarkt
zuhause in Pittsburgh. Der Nachruf war 20
Jahre lang und 3000 Meilen breit, wie ein Madeleine-
Kuchen bei Proust.

Wer Lee Handley war? Sie nannten ihn Jeep,
er lag einige tausend Hits hinter Stan the Man,
Paul Waner und DiMaggio, aber dafür hielt er
den Rekord in verpatzten Bällen.

Mein erstes Idol. Die heiße Ecke war dein Spot,
und keiner hat dort so geschwitzt wie du.
Da warst du auch, als ich mein erstes Oberliga-
Spiel sah, eine Doppeldecker-Veranstaltung.
Voll durchgezogen und die linke Hälfte des
Spielfelds dichtgemacht wie ne Lepra-Kolonie.

Von da an war ich hinter dir her,
schlimmer als Eddy Fisher hinter Liz.
Einmal schummelte ich sogar im Juli deine
durchschnittliche Trefferquote auf .350 hoch
obwohl die .284 im September die absolute Spitze
deiner ganzen Karriere waren. Während des Kriegs
stand ich jeden Tag im Bahnhof an der Sperre
und wartete auf dich und die anderen Stars.

Aber so richtig Schlagzeigen hast du erst gemacht
mit Sachen, die nichts mit Baseball zu tun hatten.
Von der Sitte verhaftet, als du dich an kleinen

Mädchen vergangen hast. Eingebuchtet, weil du
zuhause Pornofilme vorgeführt hast.

Das hat mir geholfen, die richtige Einstellung
zum Sport zu finden: Nicht alle wichtigen
Ereignisse finden auf dem Spielfeld statt.
Jede Wette, daß dir Mutter Handley mal die Hand weg-
geschlagen hat von deinem Ding und dir 'n Baseball-
handschuh drüberzog. Und die Girls in der Highschool
ließen dich auch nicht oft genug ran, deshalb
hast du dich dann auf dem Sportplatz abreagiert.
In der Beziehung hatten wir beide viel gemeinsam.
Mein erstes gestürztes Idol. Sollen meinetwegen
andere das Geheimnis des Frühjahrs-Trainings
von dir lernen. Mit Forbes Field wird es bergab
gehen wie mit allen alten Baseball-Stadien,
aber deine zahllosen Verhaftungen werden immer
einen Ehrenplatz haben in meiner Ruhmeshalle
des Sports.

Sendeschluß

Das war ein Abend, wie er früher oder
später mal kommen mußte. In den Spät-
nachrichten brachten sie zwar nichts
Absurdes aufs Tapet, die Gerechtigkeit
schien auf der ganzen Linie zu siegen,
trotzdem brach mir der kalte Schweiß aus.

Niemand versuchte Howard Hughes zu finden.
Caesar Chavez fraß eine Portion Salat. Pat
Boone reagierte zerknirscht auf seine
Verhaftung wegen Trunkenheit am Steuer.

Vor der Küste von Santa Barbara brachten sie eine Bohrung nieder und wurden fündig: Salzwasser. Jerry West hatte sich nun doch nicht das Nasenbein gebrochen. Johnny Green machte 37 Punkte, und das im Alter von 37 Jahren. Als Teenager hatte ich mal das gleiche versucht. Sears hat das Problem der Müllbeseitigung gelöst. Ein Lachs schaffte es tatsächlich den ganzen Columbia River hinauf. Der Mann von Shell redete einen kläglichen Stuß. Ein kanadischer Mountie stellte seinen Mann und schoß vorbei.

Ich kippte mir noch drei Kurze hinter die Binde und ging mit den Schuhen ins Bett. Irgendwas ist da draußen. Irgend einer reißt sich gerade Sausalito unter den Nagel.

William Wantling

Die Große Freiheit von Pusan

Der Kastenwagen holpert die Schotter-
straße entlang, ich sehe links & rechts

die vernarbten Mauern von Korea, denke
an meine minderjährige Frau und das Kind

in ihrer strohgedeckten Lehmhütte in Taegu
& ich treffe mich hier mit dem 'Seehund'

er hockt auf seinem kleinen Rollwagen,
ohne Arme & Beine, aber unterm Arsch hat er

Heroin im Wert von 1 Million Dollar –
ich tätige meinen Kauf, gehe durch den

Markt – 10 000 Kameras, Jeeps, Menschen,
alles gibts hier zu kaufen, auch mich –

in Cutie's Sukahatchi-Haus haue ich mir
den Fix rein, sitze auf der Lehmziegel-

Veranda, die zwei chinesischen Agenten
kommen an & decken sich bei mir mit Stoff ein

zwei junge Kerle, schwer süchtig, & ich
berechne ihnen einen überhöhten Preis –

wir sitzen da, sie fixen sich, ich auch
nochmal – der sogenannte Feind & ich –

in Wirklichkeit sind wir nichts als 3 Boys,
stinksauer & auf der Rolle in der endlosen

Absurdität von Krieg & Staatsaktionen –
spontan sind wir Freunde geworden und

sind uns einig, auch ohne Worte, daß
unser Haß auf das System, ob West oder Ost,

jedes menschliche Vorstellungsvermögen
übersteigt.

Tod eines Pushers

Wir fanden den Park ohne weiteres.
Es war einfach. Direkt im Zentrum
von Dogtown. Wir lehnten uns an eine
häßliche braune Palme, händchen-
haltend wie ein Liebespaar, & warteten.
Nach drei Stunden tauchte endlich der
Pusher auf. Ich gab ihm den Kies
& sie und ich sprangen in den Wagen
und ich zwang mich dazu, eine normale
Geschwindigkeit zu halten, die ganzen
21 Meilen bis nach Hause. Und was
soll ich sagen – wir kochten den
Shit auf & er wurde blau. Ich war
restlos fertig. Ich glaube, ich heulte
vor Wut. "Dutch Cleanser", sagte sie leise,
ging an die Kommode, holte meine
Knarre raus & verschwand damit. Es war
spät in der Nacht, als sie zurückkam,
mit 5 Gramm & zwei leeren Kammern in der

Smith & Wesson. Das ist jetzt fast
sechs Jahre her. Irgendwann werde ich ihr
mal schreiben & sie fragen, warum sie
zwei Kugeln brauchte.

Thanks

"Nicht schießen!", schrie sie
& als die dunkle schemenhafte
Gestalt die Pistole durchlud
murmelte ich zweimal Scheiße . . .
Ich stellte den Fernseher ab
& Ruthie brüllte aus der Küche:
Was'n los, du Genie, wird dirs
zuviel?
Ich legte Miles' *Sketches of*
Spain auf & wir aßen Popcorn,
tranken Seven-Up & fickten
auf dem Teppich im Wohnzimmer.
Und dann, als Ruthie eingeschlafen
war, las ich einen alten Brief
von meiner ersten Frau, schrieb
ein Gedicht über sie & die Jahre
in Los Angeles, als wir beide
schwer an der Nadel hingen, und
ich dachte an den alten Mann
dem wir eins übern Schädel geben
mußten, um an seine lumpigen
83 Dollar zu kommen, damals
in dieser miesen Zeit, & ich
fragte mich, ob ers überlebt
hatte, ob er je einfach geliebt
& gelebt hatte, so dankbar für alles
wie sie und ich in jener Nacht.

Eine raffinierte Falle

Die wenigsten von euch begreifen
was hier läuft. Ihr denkt
ich schreibe nur deshalb so viele
Gedichte über San Quentin
weil ich die Sache ausschlachten
& mir einen Mythos zurecht-
schustern will.
Das natürlich auch. Hat keinen Sinn
es abzustreiten. Aber vor allem
will ich euch klarmachen, daß wir
alle in San Quentin sitzen –
Der grün gestrichene Platz da unten
den sie 'Das kleine Exerzierfeld'
nennen – das ist England.
Der asphaltierte 'Große Hof' ist
Amerika. Die dicken Beton-
mauern sind die Gesellschaft.
Der östliche Block ("Der größte
Zellenblock der Welt") ist Asien.
Europa ist klar, & wer die *Schließer*
sind, könnt ihr euch selber denken.
Wir anderen sind natürlich die
Verbrecher. Wir warten auf den
Paranoiker, der uns von hinten
das Messer reinjagt, während die Muslims
& die Nazis sich gegenseitig Sprengsätze
in ihre engen Zellen schmeißen.

Da gibts, wie euch jeder alte Knast-
bruder bestätigen wird, nur noch eins:
"Mach keine falsche Bewegung
und trink viel Wasser."

Keith Wilson

Der Tag der Hunde

Sie hatten ihn zum Town Marshal ernannt.
Wir Jungs holten ihn ab, wir erwarteten
sowas wie einen Wyatt Earp . . .
Er war beinahe 50, fett, rotes verschwitztes
Gesicht, versoffene Augen, trug ein
dreckiges Hemd, ein Paar alte Hosen, seine
Füße steckten barfuß in den Schuhen.

Seine Frau, sagte mein Onkel, ist ganz nett.
Den Job haben sie ihm gegeben, damit er
nicht restlos versumpft.
Es war nicht viel los am Ort. Samstag-
abends ein paar Raufereien, und ab & zu
mußte ein Besoffener eingebuchtet werden.
Mit dem kam Morgan immer gut zurecht.
"Damit hat er Erfahrung", sagte einer der
Männer und lachte.

Eines Tages beschloß der Stadtrat, daß
die streunenden Hunde verschwinden mußten.
Man hatte Angst vor der Tollwut. "Schaff
sie uns vom Hals", sagten sie zu ihm.
Der alte Mann konnte kaum gehen, von Rennen
ganz zu schweigen, deshalb sagten sie,
wir Jungs sollten die Hunde einfangen und
in einen großen Zwinger sperren, und dann,
sagten sie, würde er eine Wagenladung weg-
schaffen und dann den Rest holen.
Ein Freund von mir sagte: "Wie will er

die denn wegschaffen, ohne einen Käfig?
Die hauen ihm doch glatt ab!" Aber
wir hielten uns damit nicht auf.

Bis nachmittags um vier hatten wir 20 oder 30
Hunde beisammen. Old Morgan kam angefahren,
stieg aus. Wir sahen, daß er besoffen war,
seine Hand zitterte, als er die Kaliber-38
mit dem langen Lauf rausholte und blindlings
in die Hunde zu feuern begann. Ein paar
von den Kids schrien, er solle aufhören.
Aber er machte die Trommel leer, lud nach
und ballerte weiter. Querschläger jaulten
durch die Straßen, Männer gingen in Deckung,
die Hunde heulten, ihr Blut floß in kleinen
Bächen über den hartgestampften Lehmboden,
er stand schwankend da und hielt drauf, sein
Blechstern glitzerte in der Sonne, jeder Schuß
krachte wie ein Kanonenschlag. Ernst und besoffen
tat er seine Pflicht, und niemand wagte
ihn daran zu hindern. Der Bürgermeister kam an,
nahm ihm die Knarre aus der Hand und brachte
ihn zurück zu seiner Frau, die sich die Schürze
vollheulte, während er immer wieder sagte:
"Diesen Kötern hab ichs aber gegeben,
was, Honey?"

A.D. Winans

Das Neueste von Crazy John

1
Crazy John kampierte im Yosemite
Nationalpark und lockte eine Menge
Schaulustige an, nachdem sich herum-
gesprochen hatte, was er alles
zum Frühstück aß: zwei Kaktusknollen,
eine Eidechse, einen Weißkopf-
Seeadler & einen Präriehund, *over*
easy, d. h. locker angebraten.

Das spülte er mit hochprozentigem Berg-
wasser runter, dann lächelte er in die
Runde, rülpste herzhaft, sang *God Bless*
America & ritt auf einem Grizzly
den Berg hinunter. An den Bäumen
links und rechts hinterließ er
zotige Schnitzereien.

2
Crazy John fuhr Taxi für die Yellow
Cab Company, er kurvte durch San
Francisco, immer mit einer Dose
Rainier Ale in der Hand, und schockte
Nonnen auf dem Weg zur Beichte
mit unflätigen Bemerkungen.

Die von der Sitte hielten ihn für
latent schwul, bis eines Abends
eine nette alte Jungfer, die auf der

anderen Seite der Bay wohnte
in ihrem vollautomatischen Rollstuhl
ankam und Anzeige erstattete:
sie gab an, er habe sie geschwängert.

Als sie ihn festnahmen, pißte er gerade
das Stopschild an der Einmündung
zum Highway Nummer 1 an.
Sie verbannten ihn in die Badlands
von Arizona. Dort machte er ein Vermögen
mit Anti-Baby-Pillen.

Indian Joe

Er hat keine
Schneidezähne mehr
Die Sonne hat ihm
die Haut gegerbt
Das Haar hängt ihm
über die Ohren

Für ein bißchen Kleingeld
redet er mit dir

Aber sieh dich vor,
Motherfucker:
Der Weiße Mann
hat ihm einen
zuviel reingewürgt
Seine Fäuste sind
zwei gußeiserne
Backsteine

Der letzte Cowboy

Für die Leute hier ist er
bloß ein abgehalfterter Oakie
und in der Stadt so fehl am Platz
wie es Hank Williams
in Reno, Nevada gewesen wäre.

Sein Pferd hat er mit einem klapprigen
Gebrauchtwagen vertauscht, und statt der
Colts baumelt eine zerschrammte Gitarre
in einer schwarzen Lederhülle an ihm herum.

Er stinkt nicht mehr nach Kuhscheiße
sondern nach Bier und Schlägereien
in Bars, und der früher dung-
gepflasterte Weg führt jetzt
in die nächste Kneipe.

Bloß ein Oakie, sagen sie.
Vielleicht aber der letzte
Cowboy in Amerika.

Jeden Abend schrummt er irgendwo
seine Gitarre, oft mit der Bierdose,
für 15 Dollar & Drinks auf Kosten des Hauses.

Sein Lächeln hat er nicht verloren
und seiner Stimme hört man manchmal an
daß er sogar noch Träume hat. Jeden Morgen
hört man ihn singen, wenn die
Sonne aufgeht über diesen
leeren kalten Straßen, die ihm
wie Sandsäcke die Seele einmauern.

D.R. Wagner

Brief, Samstagabend

Es ist jetzt gerade eine Woche her.
Dieser Typ, der aussah wie ein verklemmter Jesus . . .
Jedenfalls, der kommt hier an,
steht vor der Tür, meine Alte macht auf
und sagt zu ihm: "Ja? Was is?"
Er sagt keinen Ton, steht nur
da rum und linst an ihr vorbei
ins Zimmer.
Sagt sie zu ihm: "Also, was is? Hm?"
Er schabt mit den Füßen, sieht
ein bißchen gequält drein.
Na, ich steh auf, zieh meine
Alte von der Tür weg & sag:
"Komm halt rein, Menschenskind."
Das tut er und hockt sich
hin.
Ich fang an, von irgendwas zu reden,
er nickt, druckst rum, rutscht hin und her.
Dann fängt *er* an zu reden.
Mann, konnte der Geschichten erzählen . . .
Da wurde es einem ganz eng um den Hosenlatz.
Paar Biere später sagt er mitten im Satz
"Schätze, das wars", steht auf & geht.
Ne Zeitlang sitz ich einfach da,
dann steh ich auf & mach die Tür zu.
Später sagt meine Frau: "Wer war', das?"
Und ich sag: "Ach Gott, was weiß ich.
Aber Mann, konnte der Geschichten erzählen."

Alltagsgedicht

Da hocke ich in meiner Bude
die Uhr tickt vor sich hin
und ich frage mich, wie jemand
auf die Schnapsidee kommen kann
daß ich ein Gedicht schreiben soll
über meinen täglichen Trott. Als ob da
ein Gedicht drin wäre, wenn ich meinen Müll
raustrage oder die Unterwäsche wechsle
oder unter dem Bett nach einem steifen
Socken suche; wenn ich auf die Straße raus
sehe, die sich immer gleich bleibt, oder
zur Arbeit fahre & an die verknöcherten
Arschficker denke, die mir auf den Geist und
an die Nieren gehen;
wenn ich das Girl anstarre, das mir
im Bus gegenüber sitzt & mich frage
ob die echt ist
oder ob sie nur so tut;
oder wenn ich mir die
35. Zigarette anstecke und sage
das ist aber die letzte für heute
obwohl ich verdammt genau weiß
daß ich nochmal fünf oder sechs verqualme
ehe ich einschlafen kann.
Ja sicher, immer rein damit, was soll's,
das ist die Art von Gedicht, mit der wir
nie fertig werden, da lernt man nie aus,
das hört erst auf, wenn wir eines
schönen Morgens aus den Latschen kippen,
ein toter Klumpen nach dem
anderen.

15 Fotos

1 – Kirk Robertson
(Foto: Nila NorthSun)

2 – Wanda Coleman
(Los Angeles, 1977)

3 – William Wantling

4 – Ray Bremser
(New York 1966; Foto: Jonas Kover)

5 – Peggy Garrison

6 – Steve Richmond

7 – Kirby Congdon
(New York 1977)

8 – Douglas Blazek
(Bensenville/Illonois 1965)

9 – Stuart Z. Perkoff
(Los Angeles 1974; Foto: Robert Alexander)

10 – Diane DiPrima
(Foto: James Mitchell)

11 – Ronald Koertge

12 – Charles Plymell
(Cherry Valley, N.Y. 1976; Foto: Gerard Malanga)

13 – Jack Micheline
(New York 1968; Foto: Jan Herman)

14 – Harold Norse
(Venice/Kalifornien 1969)

15 – Charles Bukowski
(Los Angeles 1976; Foto: Joan Levine)

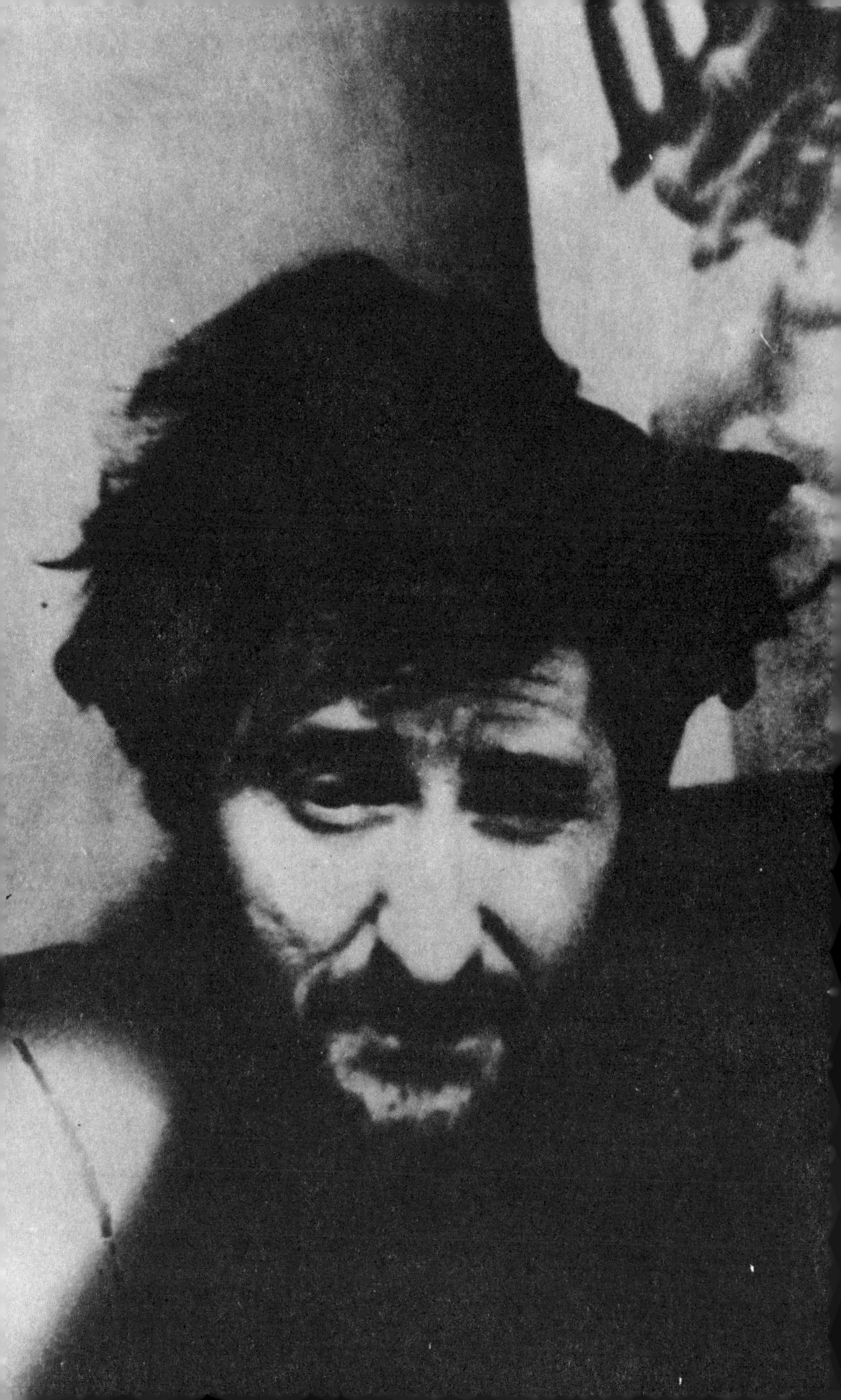

ENQUIRER
LIVE UP TO 20 YEARS
The New York Times
Le Moyne selects new president
Herald American
The New York Times
GET YOUR COPY HERE EVERY DAY
The New York Times
AGENCY HOURS

Einiges über die Dichter

Douglas Blazek, geb. 1941 in Chicago (auf der polnischen Westside), College, Heirat, malochte mehrere Jahre lang als Metallarbeiter; gründete 1964 den Kleinverlag *Open Skull Press* und begann die Zeitschrift *Ole* herauszugeben; in der Nr. 2 schrieb er in einem Aufruf an seine Dichterkollegen: "Was ich von euch will, das sind Gedichte mit Fleisch auf den Knochen, Gedichte, die nach *Leben* stinken, kapiert? Wer mir also nochmal mit einem toten akademischen Furz ankommt, dem stopf ich ihn eigenhändig wieder in den Hals!" Nach der dritten Nummer war klar, daß die Warnung voll durchgeschlagen hatte, und von da an war *Ole* das führende Magazin für 'Meat Poetry'. Von Blazek sind seither sieben Gedichtbände erschienen, plus zahllose Besprechungen und Artikel in der Alternativpresse; er lebt seit einigen Jahren in Sacramento, Kalifornien.

"Ode (yes, that's right) To My Toothbrush", "The Vicious Robbery" (aus: Douglas Blazek/FLUX & REFLUX, Oyez, Berkeley 1970); "Raingizzards" (aus KLACTOVEEDSEDSTEEN Nr. 4, ed. Carl Weissner, Heidelberg 1966)

Ray Bremser, geb. 1934 in Jersey City. "Ich fuhr auf Billie Holiday ab, als ich 15 war; wollte unbedingt was mit Musik machen, ein Instrument lernen, am liebsten Piano; aber das hat mir mein Vater irgendwie verdorben – er fing an als Konzertpianist, entdeckte seine Leidenschaft für Pferdewetten und kam blitzschnell auf den Hund. Ich verlegte mich auf die Schreibmaschine und verfaßte anrüchige Stories, die ich meinen Schulkameraden für ein paar Schachteln Zigaretten verkaufte. Eines Tages klaute ich eine Pistole, soff mir einen an, nahm einen Süßwarenladen hopps und ungefähr 20 Minuten später eine Tankstelle. Das Ergebnis war, daß ich den Rest meiner Bildung und Erziehung in der Besserungsanstalt von Bordentown bekam. Dort schrieb ich meine ersten Jazz-Gedichte, die ich einem Typ namens Allen Ginsberg schickte. Dem gefielen die Sachen, wir schrieben uns lange Briefe, und als ich rauskam, lief die Beat Generation auf Hochtouren und ich zog mit Ginsberg, Corso und Orlovsky von einer turbulenten Lesung zur anderen. Ich hatte immer wieder Stunk mit der Polizei, und wegen meiner Vorstrafen war ich eben sofort dran. Als ich mal auf Bewährung aus dem Zuchthaus von Trenton entlassen wurde, attackierte ich in einer Fernseh-Show den Strafvollzug von

New Jersey; das war ein Verstoß gegen meine Bewährungsauflagen, also gleich wieder rein in den Bau. Alles in allem war ich länger drin als Jean Genet. Ich verlor sämtliche Zähne im Knast, aber kleingekriegt haben sie mich nicht."
Ray Bremser gilt seit den Tagen der Beat Generation als *der* amerikanische Jazzpoet. Er lebt heute in Kerhonkson, New York.

"On the road to Shangrala" (aus: THE GREAT SOCIETY, ed. Ira Cohen & Robert Richkin, New York 1967)

Charles Bukowski, geb. 1920 in Andernach am Rhein, seit seinem 2. Lebensjahr in den USA; aufgewachsen in Los Angeles, abgebrochenes College-Studium (Journalistik), von 1940 - 1955 als Gelegenheitsarbeiter durch die Staaten getrampt, dann drei Jahre in Los Angeles als Aushilfs-Briefträger gearbeitet, anschließend 11 Jahre als Briefsortierer in der Nachtschicht; Nachmittage in Kneipen und an den Wettschaltern von Pferderennbahnen verbracht, abends Gedichte und Stories geschrieben, plus Kolumnen für U-Zeitungen in Los Angeles, New Orleans und New York. Seit 1960 sind von ihm erschienen: 21 Gedichtbände, 2 Romane, 3 Bände Short Stories.
Ausführlichere Angaben zur Person usw. finden sie in den Einleitungen zu *Gedichte, die einer schrieb, bevor er im 8. Stockwerk aus dem Fenster sprang* (Maro Verlag 1974), *Schlechte Verlierer* (Maro Verlag 1977) und in seinem PLAYBOY-Interview (deutsche Ausgabe von Playboy) vom Dezember 1977. Inzwischen sind weitere Gedichte auf Deutsch erschienen: *Flinke Killer* (Palmenpresse, 5 Köln 1, Mainzer Str. 23); die Originalausgabe von Bukowskis neuestem Gedichtband, *Love Is A Dog From Hell* (300 Seiten) kann über Pociao's Bookshop (53 Bonn, Herwarthstr. 27) bezogen werden; eine Gedichtauswahl von etwa 270 Seiten (Gedichte von 1955 - 1976) erscheint voraussichtlich Ende des Jahres bei ZWEITAUSENDEINS in Frankfurt; im Maro Verlag folgt ein weiterer Band Short Stories.

"The Fisherman", "Edie and Eve", "Wax Job", "Father" (aus: Charles Bukowski/BURNING IN WATER, DROWNING IN FLAME, Black Sparrow Press, Los Angeles 1974)

Neeli Cherkovski, geb. 1945 in Santa Monica; wollte ursprünglich Rabbiner werden, stieg aber aus dem theologischen Seminar aus und wurde in der Protestbewegung gegen den Vietnamkrieg aktiv; gab von 1961 - 1965 das Poetry Magazin *Black Cat Review* heraus und Ende der 60er Jahre zusammen mit Bukowski die Zeitschrift *Laugh Literary & Man The Humping Guns* (die auch genauso ausgefallen und haarsträubend wie ihr Titel war) und eine *Anthology of Los Angeles Poets.* Von Cherkovski erschienen bisher drei Gedichtbände in Kleinverlagen an der Westküste; außerdem hat er eine Ferlinghetti-Biographie geschrieben, die demnächst der New Yorker Verlag Doubleday & Co. herausbringt; lebt als freier Schriftsteller in San Francisco.

"The Man I Work With", "African Beetle" (aus ANTHOLOGY OF L.A. POETS, ed. Bukowski/Cherkovski/Vangelisti, Los Angeles 1972)

Wanda Coleman, geb. 1946 in Los Angeles; "alias Wanda Coleman-Grant (infolge Heirat), Andrew L. Tate (Fernsehjobs) und Waco (als Straßenkämpferin in Watts); schrieb unter falschem Namen (s. oben) die erste schwarze Feierabendserie ('soap opera') fürs Fernsehen, die einen "Emmy" Award kriegte; absolvierte *magna cum laude* die Universität der Straße; Veteranin zahlreicher Getto-Kriege."

"Coffee", "They Came Knocking On My Door At 7 A.M." (aus: Wanda Coleman/ART IN THE COURT OF THE BLUE FAG, Black Sparrow Press, Santa Barbara 1977)

Kirby Congdon marschierte 1945 als jüngster am. Besatzungssoldat in Bayern ein ("meine erste Rasur lag nur ein paar Monate zurück") und ließ dort so ein bißchen "die romantische Vergangenheit von Vilsbiburg und Landshut" auf sich wirken; wieder zuhause, im New Yorker Stadtteil Brooklyn, wurden dann mehr gegenwartsnahe Themen für ihn interessant, und seither beschäftigt ihn vor allem der Motorradkult (er hat gerade eine Bibliographie aller erreichbaren Veröffentlichungen zu diesem Thema zusammengestellt); mit seinem Kleinverlag *Interim Books* hat der Anfang der 60er Jahre Pionierarbeit geleistet, und seine Literaturzeitschrift *Magazine* gehörte zu den wichtigsten 'Little Mags' an der Ostküste; seit 1965 hat er mehrere Gedichtbände veröffentlicht, von denen *Dream-Work* (1970) zu einem Underground-Klassiker wurde; lebt nach wie vor in Brooklyn, arbeitet als Schriftsetzer.

"The Speed Track" (aus Kirby Congdon/DREAM-WORK, Cycle Press, New York 1970); "Motorcyclists" (aus: Kirby Congdon/JUGGERNAUT, Interim Books, New York 1965)

Diane DiPrima, geb. 1934 in Brooklyn, wurde von ihren Eltern auf ein vornehmes ländliches College geschickt, riß dort Anfang der fünfziger Jahre aus und zog zu den bärtigen Existentialisten und Jazzmusikern ins New Yorker Greenwich Village: begann Gedichte zu schreiben, arbeitete als Fotomodell ("dezente Umschreibung für Ausziehpuppe, d. h. betuchte Voyeure blätterten ein paar Scheine hin und durften sich eine halbe Stunde lang knipsend abreagieren . ."), organisierte Dichterlesungen in Bars und Cafes, gab zusammen mit Leroi Jones das Poetry Magazin *Floating Bear* heraus (das bis 1968 erschien); 1969 hat sie über ihre Zeit im Greenwich Village einen bemerkenswerten Roman geschrieben, der im gleichen Jahr bei der Olympia Press in New York erschien: *Memoirs of a Beatnik.* In ihrem Kleinverlag *Poets Press* veröffentlichte sie u. a. Gedichtbände von Gregory Corso, Philip Whalen und Timothy Leary, und Stories von Herbert Huncke (einem legendären Hipster, der Mitte der 40er Jahre drei interessierte Kunden namens Burroughs, Ginsberg und Kerouac in die New Yorker Unterwelt einführte). Ihr Gedichtband *Revolutionary Letters* ist das klarste politische Statement einer amerikanischen Dichterin, seit Bessie Smith ihren ersten Blues aufnahm.

"Goodbye Nkruma", "Revolutionary Letters Nr. 6, 24, 25, 37" (aus: Diana DiPrima/REVOLUTIONARY LETTERS, City Lights Books, San Francisco 1971)

Peggy Garrison, geb. 1938 in Milwaukee, Wisconsin; absolvierte dort ein naturwissenschaftliches Studium, lebt heute in New York, liest ihre Gedichte in Kneipen und Cafes ebenso wie in der New York University und New School for Social Research; schreibt für die *Village Voice, Choice Magazine und Coldspring Journal.*

"B." (aus: COLDSPRING JOURNAL Nr. 8, ed. Charles Plymell, Pamela Beach-Plymell & Joshua Norton, Cherry Valley, N.Y. 1976); "Bill" (aus: COLDSPRING JOURNAL Nr. 6)

Linda King, geb. 1940 auf einer Rinderfarm in der Nähe eines 100 Einwohner zählenden Mormonen-Kaffs in Utah. "Mein Vater war ein harter Säufer, fluchte viel, hatte fünf Töchter und keine Cowboys. Meine Mutter schmiß den einzigen Kaufladen am Ort; da drin gab es alles, was man brauchte, einschließlich Schlägereien, und über dem Ladentisch hing ein leicht angeschimmelter Stierkopf. War in Los Angeles zehn Jahre lang mit einem gutaussehenden aber altmodischen

Italo-Amerikaner verheiratet. brachte es zu einem Sohn und einer Tochter und ließ mich wieder scheiden. Dann ließ ich mich für anderthalb Jahre mit Bukowski ein. Wurde ein ziemlich stürmisches Verhältnis. Im Augenblick bin ich wieder frei und habe den ganzen Sommer mit den Wilden in den Bergen von Utah Parties gefeiert. Einer dieser Kerle – er ist auf irgendeiner gottverlassenen Bohrstelle beschäftigt – hat mir einen meiner weiblichen Akte weggeschleppt" (Linda ist nebenbei Bildhauerin) "und hat gesagt: 'Bei der werd ich drübersteigen, wenn ich mal einsam bin . .'"
Linda King lebt heute in Phoenix, Arizona.

"A Cock", "The Way They Go" (aus: Linda King/SWEET AND DIRTY, Vagabond Press, Redwood City, Calif. 1972)

Ronald Koertge, geb. 1940 in Olney, Illinois; Studium an Universitäten in Illinois und Arizona; unterrichtet seit 1965 Englisch am Pasadena City College; schreibt in seiner freien Zeit eine Unmenge Gedichte und grast ansonsten die Pferderennbahnen in der näheren und weiteren Umgebung ab. Seine Gedichtbände (bisher 8 Stück) haben so einprägsame Titel wie *The Hired Nose; Men Under Fire; Cheap Thrills; How To Live On 5 Dollars A Week* und *Fresh Meat.*

"Please", "Moving Day", "Tarzan", "My Father" (aus: Ronald Koertge/THE FATHER POEMS, Sumac Press, Fremont, Michigan 1973); "The Mad Public Servant" (aus: HOLY DOORS ANTHOLOGY, ed. William J. Robson, Long Beach, Calif. 1972)

Gerald Locklin, geb. 1941 in Rochester, New York; war als GI in Bad Kreuznach stationiert ("Jedesmal wenn ich mir in dem Dorf was zu essen bestellte, kam unweigerlich so ein Stück uralter Elch auf den Tisch . . . vielleicht wars auch Rentier, was weiß ich . .") ("Aber auf Jägermeister steh ich . . "); ist seit 13 Jahren Dozent für engl. Literatur an der Calif. State University in Long Beach; hat bisher veröffentlicht: 6 Gedichtbände, 2 Bände Short Stories und einen Roman. Auf dem Umschlagfoto eines seiner Bücher ist er zu sehen, wie er eine Badewanne (die nach Sonderanfertigung aussieht) bis zum Bersten füllt; danach zu urteilen, ist er an die 1,98 und bringt gut und gern seine zwei Zentner auf die Waage. Im Suff pflegt er gewöhnlich zu behaupten, er sei einmal "Kostümberater von Alfred Jarry" gewesen.

"Poem Without A Point" (aus: WORMWOOD REVIEW Nr. 64, ed. Marvin Malone, Stockton, Calif. 1976); "Peanuts" (aus: Gerald

Locklin/SON OF POOP, Mag Press, Long Beach 1973); "The Snakeman of Alcatraz" (aus: ANTHOLOGY OF L.A. Poets, 1972)

Robert Matte Jr., geb. 1948 in Paris, aufgewachsen in England und der Türkei (Vater war im diplomatischen Dienst); Studium an den Universitäten von Tampa, Florida und Arizona State; Jobs als Arbeiter in der Stahlindustrie, Schauspieler, Schnellkoch, Lehrer, Taco-Verkäufer und Armee-Offizier; lebt in Berkeley, macht einen Kleinverlag *(Emerald City Press)* und gibt die Zeitschrift *Yellow Brick Road* heraus.

"Bottle Caps" (aus: COLDSPRING JOURNAL Nr. 8); "Julius Caesar" (aus: Robert Matte Jr./ASYLUM PICNIC, Duck Down Press, Fallon, Nevada 1977)

Jack Micheline, geb. 1929 im New Yorker Stadtteil Bronx. "Meine Vorfahren waren russisch-rumänische Juden und Zigeuner. In der Bronx brachte ich irgendwie die Grundschule hinter mich, seither lebe ich auf der Straße, anfangs noch gelegentlich unterbrochen von Jugendarrest und Gefängnis. Bin durch ganz Nord- und Mittelamerika getrampt, durch Europa und den Vorderen Orient, habe in Israel in einem Kibbuz gearbeitet und in den Staaten als Straßenfotograf, Landarbeiter, Pflastermaler, Theaterschauspieler, Lagerarbeiter in einer Textilfabrik, Straßensänger & -dichter, Anarchist, usw. Fing so um 1954 an, meine eigene Art von Jazzpoetry zu machen und stand in New Yorker Jazzlokalen oft mit Charlie Mingus und seinen Leuten auf der Bühne . ." (kürzlich machten es die beiden noch einmal bei einer Jubiläumsveranstaltung der American Music Hall in San Francisco) "Mein erster Gedichtband, *River of Red Wine,* erschien 1958 in New York; Jack Kerouac schrieb ein Vorwort dazu; den nächsten plus einen Band Stories brachte Kirby Congdon's Interim Press heraus (1965); dann war zehn Jahre Pause; in den letzten zwei Jahren haben ein paar gute Freunde in San Francisco *(Beatitude Press, Golden Mountain Press, Second Coming Press)* ein halbes Dutzend Gedichtbände von mir gedruckt; habe ein Theaterstück geschrieben, *East Bleeker,* das 1967 vom Theater LA MAMA in New York uraufgeführt wurde. Ich latsche durch die Straßen, führe Selbstgespräche, jeder hält mich für einen Irren, und Wossnessenski schreibt mir Ansichtskarten aus Moskau."
Jack ist einer der letzten originalen Street Poets in den USA; liest seine Gedichte an Straßenecken und in Parks, in Gefängnissen und Schulen; Bukowski hat ihn (in seinen 'Notes Of A Dirty Old Man')

“eines der großen unsterblichen Naturtalente unserer Zeit” genannt. Ein Band Short Stories von Jack Micheline, *Skinny Dynamite & Other Stories,* erscheint Ende des Jahres im Maro Verlag.

“Pussy Willow”, “Geraldine”, “Fat Annie”, “Room 107” (aus: Jack Micheline/YELLOW HORN, Golden Mountain Press, San Francisco 1975)

Richard Morris, geb. 1939 in Milwaukee, Wisconsin; studierte zunächst mal Physik und promovierte 1968 zum Dr. rer. nat.; gab von 1965 - 1968 das Magazin *Camels Coming* heraus (– damit niemand an dem Sinn dieser beiden Wörter lange herumrätseln mußte, grinsten einen vom Titelbild zwei fickende Kamele an), und ist seither Chefkoordinator von COSMEP – einer Organisation, in der einige hundert Kleinverlage aus den USA und anderen englischsprachigen Ländern zusammengeschlossen sind. Seine Gedichtbände haben Titel wie *Don Giovanni Meets The Lone Ranger* (1969) und *Ginsberg Smoked Some Dope While Einstein Played His Violin* (1970); lebt in San Francisco.

“Reno, Nevada” (aus: Richard Morris/RENO, NEVADA. Camels Coming Press, San Francisco 1971)

Harold Norse, geb. 1916 in New York; absolvierte die Cooper Union Universität in Manhatten; schloß in den vierziger Jahren Freundschaften mit so unterschiedlichen Leuten wie William Carlos Williams und Dylan Thomas, Tennessee Williams und James Baldwin, John Cage und Anais Nin; hielt sich von 1953 bis 1968 in Europa und Nordafrika auf; in Paris gehörte er Anfang der 60er Jahre im sog. ‘Beat Hotel’ zu der hochkarätigen Crew von William Burroughs, Brion Gysin und Gregory Corso (– die Texte und Stories, die er dort schrieb, sind unter dem Titel *Beat Hotel* im Maro Verlag erschienen); sein erster Gedichtband *(The Undersea Mountain)* erschien 1953 im Kleinverlag von Alan Swallow in Denver/Colorado (der auch der erste Verleger von Anais Nin war), sein zweiter – *The Dancing Beasts* – im New Yorker Großverlag Macmillan & Co., der dritte *(Karma Circuit)* in einem Ein-Mann-Verlag in London. 1965 widmete ihm Douglas Blazek eine Sondernummer seiner Zeitschrift *Ole*, die einiges Aufsehen erregte: das dicke Sonderheft enthielt von vorne bis hinten Gedichte, mit denen Ginsberg eindeutig der Rang streitig gemacht wurde. Seit der Veröffentlichung der Gedichtauswahl *Hotel Nirvana* (San Francisco 1974) ist der Fall vollends klar; vor wenigen Monaten erschien auch noch ein 250 Seiten starker Band, in dem Norse seine gesam-

melten Gedichte (1941 - 1976) zum Thema Homosexualität vorlegt: *Carnivorous Saint* ('Der fleischfressende Heilige'); nach Ansicht mancher Rezensenten hat er damit Allen Ginsberg endgültig aufs Abstellgleis verwiesen.
Seit seiner Rückkehr in die Staaten (1968) lebt Norse in San Francisco, wo er die Literaturzeitschrift *Bastard Angel* herausgibt.

"Americans" (aus: OLE Nr. 5, Harold Norse Special Issue); "The Last Bohemian", "Uncles", "Greece Answers", "In November" (aus: Harold Norse/HOTEL NIRVANA, City Lights Books, San Francisco, 1974)

Nila NorthSun ist Anfang 20, Indianerin vom Stamm der Shoshone-Paiute in Nevada, arbeitet in der Selbstverwaltung des Reservats, gibt zusammen mit Kirk Robertson das Magazin *Scree* heraus.

"Indian Campground", "How My Cousin Was Killed", "Grandma & Burgie", "Round 1" (aus: Nila NorthSun/DIET PEPSI & NACHO CHEESE, Duck Down Press, Fallon, Nevada 1977)

Rochelle Owens, geb. 1936 in Brooklyn; hat seit 1961 sieben Gedichtbände veröffentlicht, darunter *I Am The Babe Of Joseph Stalin's Daughter* (Kulchur Press, New York 1972) und *The Joe 82 Creation Poems* (Black Sparrow Press, Los Angeles 1974). Vor zehn Jahren lieferte sie mit dem heftig umstrittenen Skandalstück *Futz* ihren Einstand als Theaterautorin; mit diesem und weiteren Theaterstücken hat sie seither so gut wie alle wichtigen Preise abkassiert, die in den USA zu haben sind (u. a. mehrere "Obies"). Eines ihrer neueren Stücke, *The Karl Marx Play,* wurde 1973 während der Berliner Festwochen aufgeführt. Lebt in New York.

"Aurora Jazzing", "Goodbye To A Chinese Lover" (aus: COLDSPRING JOURNAL Nr. 1, Cherry Valley, N.Y. 1974)

Michael Perkins, geb. 1942 in Lansing, Michigan; hatte Mitte der 60er Jahre entscheidenden Anteil an der kulturellen Aufwertung eines New Yorker Slumviertels: der Lower East Side, auch 'East Village' genannt. Am Tompkins Square, wo Ed Sanders gerade seinen *Peace Eye Bookstore* eröffnet hatte und nebenan die Redaktion der U-Zeitung *East Village Other* Quartier bezog, machte er seinen Kleinverlag *Tompkins Square Press* (erstes Buch: Ray Bremser's *Angel,* ein sechzig Seiten langes Prosagedicht, einige Jahre zuvor im Zuchthaus entstanden &

wahrscheinlich nur noch mit Jean Genets *Notre Dame des Fleurs* zu vergleichen) und gab die Zeitschrift *Down Here* heraus. Von Perkins sind seither 13 Gedichtbände und Romane erschienen, zuletzt *The Secret Record* (Wm. Morrow & Co., New York 1976); er lebt heute mit Frau und Kindern in der Nähe von Woodstock.

"A Preface" (aus: OLE Nr. 8, ed Douglas Blazek, San Francisco 1967); "Through Ohio" (aus: ENTRAILS Nr. 3, ed. Gene Bloom & Mike Berardi, New York 1967)

Stuart Z. Perkoff, geb. 1930 in St. Louis; war in den fünfziger Jahren eine zentrale Figur jener Szene in Venice/Kalifornien, die Lawrence Lipton in *The Holy Barbarians* (dem nach wie vor besten 'Sachbuch' über die Beats an der Westküste) beschrieben hat. Sein erster Gedichtband, *Suicide Poems,* erschien 1956 in Karlsruhe – sein Verleger, Jonathan Williams (Jargon Books, Highlands, North Carolina), war dort gerade als GI stationiert. Lange Gefängnisstrafen in den 60er Jahren ruinierten Perkoffs Gesundheit; er ging nach Colorado (wo 1969 in Denver seine *Pomes from Prison* und 1973 seine *Kowboy Pomes* erschienen), hielt noch ein paar Jahre durch, starb 1974 in Los Angeles.

"In Memoriam: Gary Cooper" (aus: Stuart Z. Perkoff/KOWBOY POMES, Croupier Press, Golden, Colorado 1973)

Robert Peters, geb. 1925 auf einer Farm in Wisconsin; unauffällige bürgerliche und akademische Karriere; Literaturprofessor an der California State University in Irvine (Spezialgebiet: viktorianische Literatur); verließ vor acht Jahren Frau und Kinder und zog mit einem gutaussehenden Gammler zusammen, den er am Strand kennengelernt hatte; war vermutlich der erste amerikanische Professor, der sich öffentlich zu den Zielen der 'Schwulen Befreiungsfront' (Gay Liberation) bekannte; hat neben seinen akademischen Arbeiten bisher zehn Gedichtbände veröffentlicht, darunter *Songs for a Son* (New York 1967), *Byron Exhumed* (1973), *Cool Zebras of Light* (1974) und *The Poet as Ice-Skater* (1975). Im vergangenen Jahr hat er nach ausgiebigen Recherchen in Bayern ungefähr 170 Gedichte über den spinnerten König Ludwig geschrieben. ("Schwule Bayern sind immer eine Bereicherung . . ")

"The Philosopher", "Francis Bacon", "The Explorer" (aus: Robert Peters/HOLY COW, Red Hill Press, Los Angeles 1974)

Charles Plymell, geb. 1935 auf einer Farm in der Nähe von Holcombe, Kansas; zu seinen Vorfahren gehören ein englischer Pirat und ein Medizinmann vom Stamm der Cherokesen; verließ vorzeitig die Schule und arbeitete als Mähdrescher-Fahrer von Texas bis hinauf nach Kanada, an einer Pipeline in Yuma/Arizona, in einem Sprengkommando auf einer Staudamm-Baustelle am Columbia River in Oregon, als Rodeo-Reiter im Südwesten. Während seines College-Studiums in Wichita/Kansas ließ er sich nebenher als Offsetdrucker ausbilden; ging 1963 nach San Francisco, wo er neben seinem Job als Hafenarbeiter mehrere Zeitschriften druckte und herausgab *(Now; The Last Times;* und zus. mit Claude Pelieu und Mary Beach: *86* und *Bulletin from Nothing).* Nach seinen ersten beiden Gedichtbänden – *Apocalypse Rose* (San Francisco 1967) und *Neon Poems* (Syracuse, N.Y. 1969) – erhielt er von der Johns Hopkins Universität ein Stipendium und machte dort seinen M.A. Seit 1974 lebt er in Cherry Valley, N.Y. und gibt die Zeitschriften *Coldspring Journal* und *Northeast Rising Sun* heraus; in seinem Kleinverlag Cherry Valley Editions sind u.a. Texte von Burroughs, Beach und Pelieu erschienen.
Sein bisher letzter großer Gedichtband ist *The Trashing of America* (1975); seinen Roman *The Last of the Moccasins* (City Lights Books, San Francisco 1971) hat Ken Kesey mit Recht als das 'On The Road' der sechziger Jahre bezeichnet.

"Yellow Wiggle Boogie", "Memories of Gila Bend, Ariz.", "I Used To Shit Out On The Prairie", "Lay A Little Happiness On Me" (aus: Charles Plymell/THE TRASHING OF AMERICA, Kulchur Foundation, New York 1975)

Charles Potts, geb. 1943 in Idaho Falls; verließ 1965 die Idaho State University ("der Laden war so verkrustet wie eine Feldlatrine aus dem Bürgerkrieg") und unterrichtete zwei Jahre lang an der 'Free University' in Seattle; gründete seinen Verlag *Litmus Inc.*, der zugleich eine 'literarische Service-Organisation' ist (mehrere Mammutlesungen, u.a. 1968 in Berkeley – 65 Dichter in vier Tagen . .); gilt als der rabiateste und intelligenteste Literaturkritiker der amerikanischen Alternativpresse. Von Potts sind seit 1966 elf Gedichtbände erschienen, zuletzt *The Opium Must Go Through* (Salt Lake City 1976) und *Rocky Mountain Man* (New York 1978); vor einigen Monaten hat er unter dem Titel *Valga Krusa* eine 'psychologische Autobiographie' veröffentlicht, die ihm vermutlich eine Zwangseinweisung in die nächstgelegene Irrenanstalt eingebracht hätte, wenn er nicht inzwischen verheiratet und Vater einer sechs Monate alten Tochter wäre. Lebte während der letzten Jahre in Salt Lake City (wo er an der einzigen nichtkommerziellen Rundfunkstation des Staates Utah seine eigene wöchentliche Literatursendung hatte); inzwischen hat er sich nach Sandpoint, Idaho abgesetzt.

"Migratory" (aus: Charles Potts/THE GOLDEN CALF, Litmus Inc., Salt Lake City 1975); "Let us smoke yr trout" (aus: Charles Potts/ CHARLE KIOT, Folk Frog Press, Salt Lake City 1975)

Steve Richmond, geb. 1941 in Los Angeles, "aufgewachsen in Hollywood zwischen hunderttausend pißgeilen Tunten, trotzdem sauber geblieben, wenn auch mehrmals wegen Veröffentlichung angeblich 'obszöner' Schriften verhaftet . . "; während der Regentschaft Ronald Reagans brachte ihm allein der Vertrieb einer Lyrik-Zeitung mit der Schlagzeile 'FUCK HATE!' zwei Polizeirazzien auf seinen Buchladen *Earth Books* in Santa Monica ein; er macht den Buchladen noch heute. Zwei Gedichtbände: *Earth Rose,* und *Red Work, Black Widow* (Duck Down Press, Fallon, Nevada 1976); Veröffentlichungen in so gut wie allen wichtigen 'Little Magazines' in den USA.

"Ignition" (aus: OLE Nr. 8); "Peaches", "Out Of My Asshole" (aus dem Manuskript)

Kirk Robertson, geb. 1946 in Los Angeles; lebte einige Jahre in Montana, jetzt in Fallon, Nevada, wo er in seinem Verlag *Duck Down Press* Leute wie Koertge, Locklin, Matte, Richmond u.a. veröffentlicht und zusammen mit Nila NorthSun das Magazin *Scree* herausgibt. Spezialist für indianische Zeichensprachen und orale Überlieferungen.

"Fahrenheit 451", "The Cholorox Kid" (aus: Kirk Robertson/DRINKING BEER AT 22° BELOW, Russ Haas Press, Long Beach 1976); "Thanks For The Drinks, Ladies" (aus: COLDSPRING JOURNAL Nr. 8)

Sam Shepard, geb. 1943 in Fort Sheradon, Illinois; von da ging es nach Washington, Iowa, Guam, Michigan, Minnesota, Oklahoma, Wisconsin, South Dakota, Arizona, Kalifornien, Kanada, London, Mexiko und New York. Shepard ist vor allem durch seine Theaterstücke bekannt geworden und als Drehbuch-Autor von Michelangelo Antonionis Film *Zabriskie Point.* Daneben hat er einige unglaubliche Stories geschrieben und so manches starke Gedicht.

"Letter From A Cold Killer", "Guam", "Black Bear Rug" (aus: Sam Shepard/HAWK MOON, Black Sparrow Press, Los Angeles 1973)

Charles Stetler, geb. 1927 in Pittsburgh; studierte dort Literaturwissenschaft und promovierte an der Tulane University (New Orleans) zum Dr. phil. Arbeitete sieben Jahre als Zeitungsreporter; ist seither Professor für moderne am. Literatur an der Calif. State University in Long Beach.

"Jeep" (aus: ANTHOLOGY OF L.A. POETS, 1972); "Sign-off" (aus: Charles Stetler/ROGER, KARL, RICK, AND SHANE ARE FRIENDS OF MINE, Mag Press, Long Beach 1973)

William Wantling, geb. 1933, wurde im Koreakrieg schwer verwundet, im Feldlazarett mit Morphium vollgepumpt und blieb für den Rest seines Lebens süchtig; lebte jahrelang in einem kleinen Kaff namens Normal in Illinois, wo er von einem militanten Psychiater erfolglos bearbeitet wurde; landete wegen Rauschgift- und anderen Delikten immer wieder im Knast und riß u.a. mehrere Jahre in San Quentin ab: "1961 oder 62 steckten sie Eldridge Cleaver zu uns in den 'toten Trakt', weil er versucht hatte, mit den Black Muslims unten auf dem Hof ein Rollkommando auf die Beine zu stellen . . . Schwarze durften im toten Trakt keine Bücher haben; ich schmiß ihm mein Exemplar von James Baldwin's "The Fire Next Time" runter (er hatte die Zelle direkt unter mir), und er war außer sich vor Wut, daß es ein weißer Honkie gewagt hatte, so ein Buch überhaupt zu lesen. Ich schrie zu ihm runter: 'Cleaver, wenn du hier rauskommst, dann wirf erst mal 'n Löffel voll Acid ein und komm wieder auf den Teppich, du vernagelter Spießer! . .' "

Mit den Gedichten, die er nach seiner Entlassung schrieb, lehrte er so manchen das Fürchten (einschließlich Bukowski). Wantling starb 1974 an einer Mischung aus Aufputschmitteln und Alkohol.

"Pusan Liberty" (aus: DOWN HERE Nr. 2, ed. Michael Perkins, New York 1967); "We found the park all right . .", "Don't shoot . ." (aus: OLE Nr. 3 & 4, Bensenville/Illinois 1965); "But see how . ." (aus: NOLA EXPRESS Nr. 57, New Orleans 1970)

Keith Wilson, geb. 1927 in Clovis, New Mexico; ist Literaturprofessor an der New Mexico State University in Las Cruzes; seine 15 Gedichtbände seit 1967 sind fast alle in Kleinverlagen der Alternativpresse erschienen. Gedichte von ihm erschienen in alten krachledernen

Mumien wie *Southwest Review* und *Prairie Schooner,* aber auch in *Evergreen Review, The Outsider, Wild Dog* und *Rolling Stone.*

"The Day Of The Dogs" (aus: Keith Wilson/WHILE DANCING FEET SHATTER THE EARTH, Utah State Univ. Press, Logan, Utah 1977; das Gedicht erschien zuerst in PEACE AMONG THE ANTS, ed. Darrell Gray, Nevada Tattoo Press, San Francisco 1969)

A.D. Winans, geb. 1937 in San Francisco; Studium an der San Francisco State University; hatte einige Jahre lang einen Büro-Job in der Verwaltung, stieg aus und gründete einen Kleinverlag (in dem er Bücher von William Wantling und anderen herausbrachte, außerdem eine Anthologie kalifornischer Dichter); ist Herausgeber der Literaturzeitschrift *Second Coming;* hat mehrere Gedichtbände veröffentlicht, zuletzt *Straws of Sanity* (Thorp Spring Press, Berkeley 1975) und *North Beach Poems* (Second Coming Press, San Francisco 1977); lebt im Mission Distrikt (Nutten- und Pennerviertel) von San Francisco.

"2 from Crazy John" (aus: A.D. Winans/TALES OF CRAZY JOHN, Second Coming Press, San Francisco 1975); "Indian Joe", "The Last Cowboy" (aus: A.D. Winans/STRAWS OF SANITY)

D.R. Wagner, geb. 1943; gehörte in den sechziger Jahren zum Kreis der 'Cleveland Poets' (D.A. Levy, T.L. Kryss u.a.), die mit einer Flut von hektographierten Drucksachen für Ärger sorgten – vor allem mit dem berüchtigten *Marihuana Quarterly;* hat bisher mehr als ein Dutzend Gedichtbände veröffentlicht, darunter *The Egyptian Stroboscope* (Cleveland 1966), *The Union Camp Papers* (San Francisco 1968), *The Lost Carnival* (Daly City, Calif. 1969) und *Six Songs* (London 1974); lebt heute in Sacramento/Kalifornien, macht Stadtteilarbeit, leitet eine Community Art Gallery, schreibt Songs und tritt in einer Rock Band auf.

"Saturday Night Letter" (aus: OLE Nr. 6, 1966); "Everyday Poem" (aus: OLE Nr. 8, 1967)

Carl Weissner
Januar 1978